TRANZLATY

Sprache ist für alle da

भाषा सभी के लिए है

Die Verwandlung
कायापलट (मेटामोर्फोसिस)

Franz Kafka
फ्रांज काफ्का

Deutsch
हिन्दी

www.tranzlaty.com

Teil Eins
भाग एक

Gregor Samsa erwachte eines Morgens aus unruhigen Träumen.
ग्रेगर साम्सा एक सुबह परेशान करने वाले सपनों से जागे।

Er befand sich in seinem Bett, konnte sich aber nicht bewegen.
उसने खुद को बिस्तर पर पाया, लेकिन हिल नहीं पा रहा था।

Er war in ein monströses Ungeziefer verwandelt worden.
वह एक भयानक कीड़े में बदल गया था।

Er lag auf dem Rücken, der sich hart wie eine Rüstung anfühlte.
वह पीठ के बल लेटा हुआ था, जो कवच की तरह सख्त थी।

Indem er den Kopf ein wenig hob, konnte er seinen Bauch sehen.
अपना सिर थोड़ा ऊपर उठाकर वह अपना पेट देख सकता था।

Sein Bauch aber war gewölbt und in Segmente unterteilt.
लेकिन उसका पेट गुंबद जैसा था, और टुकड़ों में बंटा हुआ था।

Die Decke lag auf seinem runden Bauch.
कम्बल उसके गोल पेट के ऊपर रखा हुआ था।

Die Decke war jedoch kurz davor, ganz herunterzurutschen.
लेकिन कंबल पूरी तरह से नीचे खिसकने वाला था।

Seine Beine wirkten im Vergleich zu ihrer üblichen Größe jämmerlich.
उसके पैर अपने नॉर्मल साइज़ की तुलना में बहुत छोटे थे।

Und seine vielen Beine flackerten hilflos vor seinen Augen.
और उसके कई पैर उसकी आँखों के सामने बेबस होकर फड़फड़ा रहे थे।

„Was ist nur mit mir geschehen?", dachte er bei sich.
"मुझे क्या हो गया है?" उसने मन ही मन सोचा।

Aber es war kein Traum, aus dem er nicht erwachen konnte.
लेकिन यह ऐसा सपना नहीं था जिससे वह जाग नहीं सकता था।

Es war tatsächlich sein eigenes Zimmer, in dem er sich wiederfand.

यह सच में उसका अपना कमरा था जिसमें उसने खुद को पाया।

Ein richtiges Zimmer für Menschen, aber leider etwas zu klein.

इंसानों के लिए एक असली कमरा, लेकिन थोड़ा बहुत छोटा।

Er lag still zwischen den vier bekannten Mauern.

वह चार जानी-मानी दीवारों के बीच चुपचाप लेटा रहा।

Auf dem Tisch befand sich eine Sammlung von Textilmustern.

टेबल पर टेक्सटाइल सैंपल का कलेक्शन था।

Samsa war Handelsreisender, daher die Muster.

समसा एक ट्रैवलिंग सेल्समैन था, इसलिए ये सैंपल थे।

Über den auseinandergenommenen Textilproben hing ein Bild.

अलग किए गए टेक्सटाइल सैंपल के ऊपर एक तस्वीर थी।

Er hatte das Bild erst vor Kurzem aus einer Zeitschrift ausgeschnitten.

उन्होंने हाल ही में एक मैगज़ीन से यह तस्वीर काटी थी।

Er hatte das Bild in einen hübschen, vergoldeten Rahmen gefasst.

उन्होंने तस्वीर को एक सुंदर, सुनहरे फ्रेम में लगाया था।

Das gerahmte Bild zeigte eine aufrecht sitzende Dame.

फ्रेम वाली तस्वीर में एक महिला सीधी बैठी हुई दिखाई गई थी।

Sie trug eine Pelzmütze und hatte einen Pelzmuff.

उसने फर वाली टोपी पहनी हुई थी और फर वाला मफ़ पहना हुआ था।

Sie hob ihre Hand in Richtung des Betrachters des Bildes.

वह पिक्चर देखने वाले की तरफ अपना हाथ बढ़ा रही थी।

Ihr ganzer Unterarm verschwand in ihrem schweren Pelzmuff.

उसकी पूरी बांह उसके भारी फर मफ़ में गायब हो गई।

Gregor blickte aus dem Fenster auf das trübe Wetter.

ग्रेगर ने खिड़की से उदास मौसम को देखा।

Man konnte hören, wie schwere Regentropfen gegen das
Fenster prasselten.
खिड़की पर भारी बारिश की बूंदों की आवाज़ आ रही थी।

Das graue Wetter stimmte ihn sehr melancholisch.
ग्रे मौसम ने उसे बहुत उदास महसूस कराया।

„Wie wäre es, wenn ich noch ein bisschen länger schlafe?",
dachte er.
"मैं थोड़ी देर और सो जाऊं?" उसने सोचा।

"Mehr Schlaf könnte mir helfen, diesen Unsinn zu
vergessen."
"ज़्यादा नींद से मुझे यह बकवास भूलने में मदद मिल सकती है।"

Länger zu schlafen war jedoch völlig unmöglich.
लेकिन अब और सोना बिल्कुल नामुमकिन था।

Weil er es gewohnt war, auf seiner rechten Seite zu schlafen.
क्योंकि उसे दाहिनी करवट सोने की आदत थी।

Sein aktueller Zustand schränkte jedoch seine üblichen
Bewegungsfreiheiten ein.
लेकिन उनकी अभी की हालत की वजह से वे रोज़ाना नहीं चल पा रहे थे।

Er hatte keine Möglichkeit, in diese Lage zu gelangen.
उसके पास इस स्थिति में आने का कोई रास्ता नहीं था।

Er versuchte sein Bestes, sich auf die rechte Seite zu werfen.
उसने खुद को दाहिनी ओर करने की पूरी कोशिश की।

Er hat diese Bewegung wahrscheinlich hundertmal versucht.
उन्होंने शायद इस मूवमेंट को सौ बार करने की कोशिश की होगी।

Aber er kippte immer wieder in die Rückenlage zurück.
लेकिन वह हमेशा पीठ के बल लेट जाता था।

Er schloss die Augen, um seine unruhigen Beine nicht sehen
zu müssen.
उसने अपनी आँखें बंद कर लीं ताकि वह अपने हिलते हुए पैरों को न देख सके।

Am Ende hinderten ihn seine Schmerzen daran, es noch
einmal zu versuchen.
आखिर में उसके दर्द ने उसे दोबारा कोशिश करने से रोक दिया।

Ein dumpfer Schmerz in der Seite, den er noch nie zuvor gespürt hatte.
उसके शरीर में एक हल्का दर्द था जो उसने पहले कभी महसूस नहीं किया था।

„Oh Gott", dachte Gregor Samsa verzweifelt bei sich.
"हे भगवान," ग्रेगर सामसा ने हताश होकर मन ही मन सोचा।

"Was für einen anstrengenden Beruf ich mir da doch ausgesucht habe!"
"मैंने अपने लिए कितना मुश्किल प्रोफ़ेशन चुना है!"

„Ich muss beruflich Tag für Tag reisen."
"मुझे काम के लिए दिन-रात घूमना पड़ता है।"

„Büroarbeit ist viel einfacher als die Arbeit unterwegs."
"ऑफिस का काम सड़क पर काम करने से कहीं ज़्यादा आसान है।"

„Und ich habe den Fluch, ständig reisen zu müssen."
"और मुझे घूमने-फिरने का श्राप है।"

„Die ganze Sorge, die Züge nicht rechtzeitig zu verpassen."
"ट्रेन के समय पर पहुंचने की सारी चिंताएं।"

„Meine Mahlzeiten sind unregelmäßig und das Essen ist schlecht."
"मेरे खाने का समय अनियमित है, और खाना खराब है।"

„Meine Freunde wechseln ständig, je nachdem, wo ich hinziehe."
"मेरे दोस्त हमेशा शहर-शहर बदलते रहते हैं।"

„Meine Interaktionen sind kühl und professionell."
"मेरी बातचीत ठंडी और प्रोफेशनल होती है।"

„Sollen sich doch die Teufel mit solchen Arbeiten vergnügen!"
"शैतान को इस तरह के काम से अपना मनोरंजन करने दो!"

Er verspürte ein leichtes Jucken im oberen Bereich seines Bauches.
उसे अपने पेट के ऊपरी हिस्से में हल्की खुजली महसूस हुई।

Er stemmte sich mit dem Rücken gegen den Bettpfosten.
उसने अपनी पीठ से खुद को बिस्तर के खंभे से धकेल दिया।

Er wollte seinen Kopf besser heben können.

वह अपना सिर बेहतर तरीके से उठा पाना चाहता था।

Er fand die juckende Stelle, die ihn plagte.
उसे वह खुजली वाली जगह मिल गई जो उसे परेशान कर रही थी।

Sein Kopf schien mit kleinen weißen Punkten bedeckt zu sein.
ऐसा लग रहा था कि उसका सिर छोटे-छोटे सफेद डॉट्स से ढका हुआ है।

Was diese kleinen weißen Punkte waren, konnte er nicht sagen.
ये छोटे सफेद बिंदु क्या थे, वह नहीं बता सका।

Er hatte geplant, die Stelle mit einem seiner Beine zu berühren.
उसने उस जगह को अपने एक पैर से छूने का प्लान बनाया था।

Doch als er die Stelle berührte, verspürte er ein seltsames Frösteln.
लेकिन जब उसने उस जगह को छुआ तो उसे एक अजीब सी ठंडक महसूस हुई।

Daraufhin zog er sein Bein sofort von der Stelle weg.
इसलिए उसने तुरंत अपना पैर उस जगह से हटा लिया।

Ihm blieb nichts anderes übrig, als das Jucken zu ertragen.
उसके पास खुजली को स्वीकार करने के अलावा कोई विकल्प नहीं था।

Und er kehrte in seine vorherige Position im Bett zurück.
और वह बिस्तर पर अपनी पहले वाली पोजीशन में लौट आया।

„Wer so früh aufwacht, wird echt ziemlich dumm."
"इतनी जल्दी उठना सच में इंसान को बहुत बेवकूफ़ बना देता है।"

„Ein Mann braucht genug Schlaf", dachte er sich.
"एक आदमी को पूरी नींद लेनी चाहिए," उसने मन ही मन सोचा।

„Die anderen Handelsreisenden leben in Luxus."
"दूसरे ट्रैवलिंग सेल्समैन लग्ज़री लाइफ जीते हैं।"

„Morgens übermittle ich die erhaltenen Bestellungen."
"सुबह मैं मिले ऑर्डर ट्रांसफर कर देता हूँ।"

„Währenddessen frühstücken die Herren noch."
"इस बीच वे सज्जन अभी भी नाश्ता कर रहे हैं।"

„Stellen Sie sich nur vor, ich würde das bei meinem Chef versuchen."
"ज़रा सोचिए अगर मैंने अपने बॉस के साथ ऐसा करने की कोशिश की होती।"

„Er würde mich feuern, bevor ich mit dem Frühstück fertig bin."
"मेरा नाश्ता खत्म होने से पहले ही वह मुझे नौकरी से निकाल देता।"

„Aber vielleicht wäre das auch nicht das Schlimmste."
"लेकिन शायद यह सबसे बुरी बात भी नहीं होगी।"

„Das Problem ist, dass meine Eltern mich zurückhalten."
"समस्या यह है कि मेरे माता-पिता मुझे रोक रहे हैं।"

„Ohne sie hätte ich schon längst gekündigt."
"अगर वे नहीं होते तो मैं पहले ही इस्तीफा दे चुका होता।"

„Ich hätte mich dem Chef entgegengestellt und es ihm gesagt."
"मैं बॉस के सामने खड़ा होकर उसे बता देता।"

„Ich würde genau sagen, was ich von ihm und der Stelle halte."
"मैं वही कहूंगा जो मैं उसके और नौकरी के बारे में सोचता हूं।"

„Er würde vom Schreibtisch fallen, wenn ich ihm alles erzählen würde!"
"अगर मैंने उसे सब कुछ बता दिया तो वह अपनी डेस्क से गिर जाएगा!"

„Es ist sehr seltsam, wie er an seinem Schreibtisch sitzt."
"जिस तरह से वह अपनी डेस्क पर बैठता है, वह बहुत अजीब है।"

„Seine Art, mit seinen Untergebenen zu sprechen, ist nicht in Ordnung."
"जिस तरह से वह अपने अधीनस्थों से बात करता है वह सही नहीं है।"

„Und das Schlimmste ist, dass sein Gehör so schlecht ist."
"और सबसे बुरी बात यह है कि उसकी सुनने की शक्ति बहुत कमज़ोर है।"

„Sie haben also keine andere Wahl, als ganz nah bei ihm zu sitzen."
"तो आपके पास उसके बहुत करीब बैठने के अलावा कोई चारा नहीं है।"

„Aber trotz allem ist die Hoffnung noch nicht völlig verloren."

"लेकिन इतना सब कहने के बाद भी, उम्मीद अभी पूरी तरह खत्म नहीं हुई है।"

„Ich werde das Geld sparen, um die Schulden meiner Eltern zu begleichen.“
"मैं अपने माता-पिता का कर्ज चुकाने के लिए पैसे बचाऊंगा।"

„Ich kann nichts tun, solange sie ihm noch Geld schulden.“
"जब तक उन पर पैसे बकाया हैं, मैं कुछ नहीं कर सकता।"

„Aber wenn die Schulden beglichen sind, werde ich es auf jeden Fall tun.“
"लेकिन जब कर्ज चुका दिया जाएगा तो मैं यह ज़रूर करूंगा।"

„Es wird wahrscheinlich noch fünf bis sechs Jahre dauern.“
"इसमें शायद पांच से छह साल और लगेंगे।"

"Ja, dann wird die große Trennung definitiv erfolgen."
"हाँ, तो बड़ा सेपरेशन ज़रूर होगा।"

„Fürs Erste muss ich jedoch aufstehen.“
"लेकिन अभी के लिए मुझे बिस्तर से उठना होगा।"

„Weil mein Zug um fünf Uhr abfährt.“
"क्योंकि मेरी ट्रेन पांच बजे रवाना होगी।"

Gregor blickte auf den tickenden Wecker auf dem Tisch.
ग्रेगर ने मेज पर टिक-टिक करती अलार्म घड़ी को देखा।

"Himmlischer Vater!", dachte er, als er die Uhrzeit sah.
"हे स्वर्गिक पिता!" उसने समय देखते हुए सोचा।

Halb sieben war schon still und leise vergangen.
साढ़े छह बज चुके थे और चुपचाप चले गए थे।

Und die Zeiger der Uhr bewegten sich immer weiter vorwärts.
और घड़ी की सुइयां खुद-ब-खुद आगे बढ़ती रहीं।

Es war nun fast Viertel vor sieben.
और अब समय करीब पौने सात बज रहा था।

"Vielleicht hat der Wecker nicht geklingelt, um mich zu wecken?", dachte er.
"शायद मुझे जगाने के लिए अलार्म नहीं बजा?" उसने सोचा।

Von seinem Bett aus inspizierte Gregor den Wecker.

अपने बिस्तर से ग्रेगर ने अलार्म घड़ी देखी।

Der Wecker war korrekt auf vier Uhr eingestellt.
अलार्म घड़ी सही से चार बजे के लिए सेट थी।

Er konnte es sich nicht erklären, aber der Alarm musste losgegangen sein.
वह इसे समझा नहीं सका, लेकिन अलार्म ज़रूर बज गया होगा।

"Wie konnte ich den Wecker verschlafen, ohne es zu merken?"
"मैं अलार्म बजने के बाद भी बिना जाने कैसे सो गया?"

Wenn der Alarm losgeht, wackeln sogar die Möbel.
जब अलार्म बजता है तो फर्नीचर भी हिल जाता है।

Er wusste, dass sein Schlaf alles andere als ruhig gewesen war.
वह जानता था कि उसकी नींद बिल्कुल भी शांतिपूर्ण नहीं थी।

Aber vielleicht war das der Grund, warum sein Schlaf so viel tiefer war.
लेकिन शायद इसीलिए उसकी नींद ज़्यादा गहरी थी।

Er musste darüber nachdenken, was er nun tun sollte.
उसे सोचना था कि अब उसे क्या करना चाहिए।

Der nächste Zug fuhr erst um sieben Uhr ab.
अगली ट्रेन सात बजे तक नहीं चली।

Diesen Zug zu erreichen, wäre nahezu unmöglich.
उस ट्रेन को पकड़ना लगभग नामुमकिन होगा।

Und die benötigten Textilien hatte er noch nicht eingepackt.
और उसने अभी तक अपनी ज़रूरत का कपड़ा पैक नहीं किया था।

Er fühlte sich auch nicht besonders frisch und agil.
वह खास फ्रेश और फुर्तीला भी महसूस नहीं कर रहा था।

Vielleicht bestand die Möglichkeit, in den Zug einzusteigen.
शायद ट्रेन में चढ़ने का मौका था।

Doch ein Tadel vom Chef war so oder so unvermeidlich.
लेकिन बॉस की डांट तो पड़नी ही थी।

Der Angestellte wäre in den Fünf-Uhr-Zug eingestiegen.
क्लर्क पांच बजे की ट्रेन में चढ़ गया होगा।

Der Büroangestellte war ein willensschwaches Werkzeug des Chefs.
ऑफिस क्लर्क बॉस का एक रीढ़विहीन प्राणी था।

Gregors Abwesenheit wäre also bereits gemeldet worden.
तो ग्रेगर की गैरहाज़िरी की रिपोर्ट पहले ही हो चुकी होगी।

„Was wäre, wenn ich mich krankmelde?", überlegte Gregor.
"अगर मैं बीमार हो जाऊं तो क्या होगा?" ग्रेगर सोच रहा था।

Das wäre aber äußerst peinlich und verdächtig.
लेकिन यह बहुत शर्मनाक और शक वाली बात होगी।

Gregor war in der gesamten Zeit, die er dort arbeitete, nie krank gewesen.
ग्रेगर जब वहां काम कर रहे थे, तब वे कभी बीमार नहीं पड़े थे।

Und er hatte ihnen bereits fünf Jahre Dienst geleistet.
और वह पहले ही उन्हें पांच साल की सर्विस दे चुका था।

Die Chancen standen gut, dass der Chef vorbeikommen würde, um nach ihm zu sehen.
संभावना थी कि बॉस उसका हालचाल जानने आएगा।

Er würde wahrscheinlich den Arzt der Krankenversicherung mitbringen.
वह शायद हेल्थ इंश्योरेंस डॉक्टर को साथ लाएगा।

Und er würde die Eltern für ihren faulen Sohn verantwortlich machen.
और वह अपने आलसी बेटे के लिए माता-पिता को दोषी ठहराता था।

Sie könnten gegen ihn keine Einwände erheben.
वे उस पर कोई आपत्ति नहीं कर सकेंगे।

Denn für ihn gab es nur zwei Arten von Arbeitern.
क्योंकि उसके लिए केवल दो तरह के वर्कर थे।

Entweder waren die Arbeiter kerngesund oder arbeitsscheu.
या तो वर्कर पूरी तरह से हेल्दी थे, या काम से कतराते थे।

Und läge er mit dieser grundlegenden Analyse überhaupt falsch?
और क्या वह उस बेसिक एनालिसिस में भी गलत होगा?

In diesem Fall hatte er sicherlich ein starkes Argument.

निश्चित रूप से, इस मामले में उनके पास एक मजबूत तर्क था।

Trotz seines Aussehens fühlte sich Gregor tatsächlich recht wohl.
अपनी शक्ल-सूरत के बावजूद ग्रेगर असल में काफी अच्छा महसूस कर रहा था।

Der unnötig lange Schlaf hatte ihn etwas schläfrig gemacht.
बेवजह की लंबी नींद की वजह से उसे थोड़ी नींद आ गई।

Abgesehen davon konnte er sich aber über keine Krankheit beklagen.
लेकिन इसके अलावा वह बीमारी की शिकायत नहीं कर सकता था।

Er verspürte sogar einen besonders starken und gesunden Hunger.
उसे बहुत तेज़ और हेल्दी भूख भी लगी।

Während er diesen Gedanken nachging, schlug die Uhr erneut.
जब वह ये सोच रहा था तो घड़ी फिर बज गई।

Laut Alarm war es jetzt Viertel vor sieben.
अलार्म के अनुसार अब पौने सात बज रहे थे।

Und nun klopfte es auch leise an der Tür.
और अब दरवाज़े पर हल्की सी दस्तक भी हुई।

„Gregor", rief ihm jemand zu – es war die Mutter.
"ग्रेगर," किसी ने उसे पुकारा - यह माँ थी।

„Es ist Viertel vor sieben", bestätigte sie den Alarm.
"अभी तो पौने सात बजे हैं," उसने अलार्म की पुष्टि की।

"Wolltest du nicht gehen?", fragte die sanfte Stimme.
"क्या तुम जाना नहीं चाहते थे?" एक प्यारी सी आवाज़ ने पूछा।

Gregor erschrak, als er seine eigene Stimme antworten hörte.
ग्रेगर डर गया जब उसने अपनी आवाज़ सुनी।

Es war immer noch dieselbe Stimme, die er schon immer hatte.
आवाज़ अब भी वही थी जो हमेशा थी।

Doch nun mischte sich ein neuer Klang in seine Stimme.
लेकिन अब उसकी आवाज़ में एक नई आवाज़ घुल गई थी।

Tief aus seinem Inneren entfuhr ihm auch ein schmerzhafter Schrei.
उसके अंदर से भी एक दर्द भरी चीख निकली।

Zunächst schien seine Stimme die Worte klar zu formen.
पहले तो उनकी आवाज़ साफ़ शब्दों में बोलती हुई लग रही थी।

Doch dann hörte Gregor das Echo seiner Stimme in seinem Kopf.
लेकिन तभी ग्रेगर को उसकी आवाज़ की मन में गूंज सुनाई दी।

Die Aufnahme seiner Stimme ist auf seltsame Weise zerbrochen.
उनकी आवाज़ की रिकॉर्डिंग अजीब तरीके से टूट गई।

Und er war sich nicht sicher, ob er richtig gehört hatte.
और उसे पक्का नहीं था कि उसने सही सुना है या नहीं।

Gregor verspürte den starken Wunsch, eine ausführliche Antwort zu geben.
ग्रेगर को डिटेल में जवाब देने की गहरी इच्छा हुई।

Er wollte seiner Mutter alles genau erklären.
वह अपनी मां को सब कुछ साफ-साफ समझाना चाहता था।

Doch angesichts der Umstände musste er sich einschränken.
लेकिन, हालात को देखते हुए, उन्हें खुद को सीमित रखना पड़ा।

Und er antwortete viel kürzer, als er es gern getan hätte.
और उसने जितना चाहा था उससे बहुत छोटा जवाब दिया।

"Ja, Mutter, keine Sorge, danke, ich bin schon wach."
"हाँ माँ, चिंता मत करो, धन्यवाद, मैं पहले से ही उठ गया हूँ।"

Die Holztür trug vermutlich dazu bei, seine Stimme zu dämpfen.
लकड़ी के दरवाज़े ने शायद उसकी आवाज़ को दबाने में मदद की।

Draußen blieb die Veränderung in Gregors Stimme unbemerkt.
बाहर ग्रेगर की आवाज़ में बदलाव पर किसी का ध्यान नहीं गया।

Die Mutter schien mit seiner Erklärung zufrieden zu sein.
माँ उसकी बात से संतुष्ट लग रही थी।

Und sie ging genauso leise wieder, wie sie gekommen war.

और वह फिर से उतनी ही शांति से चली गई, जितनी शांति से आई थी।

Doch das kurze Gespräch hatte eine unerwünschte Folge.
लेकिन इस छोटी सी बातचीत का अनचाहा असर हुआ।

Er erregte die Aufmerksamkeit der anderen Familienmitglieder.
उसने परिवार के दूसरे सदस्यों का ध्यान अपनी ओर खींचा।

Gregor war noch zu Hause und nicht zur Arbeit gegangen.
ग्रेगर अभी भी घर पर था और काम पर नहीं गया था।

Und nun klopfte auch der Vater an die Seitentür.
और अब पिता ने भी साइड का दरवाज़ा खटखटाया।

Er klopfte schwach, aber entschlossen mit der Faust.
उसने कमज़ोर, लेकिन पक्के इरादे से मुट्ठी से दस्तक दी।

„Gregor, Gregor", rief er, „was ist das Problem?"
"ग्रेगर, ग्रेगर," उसने पुकारा "क्या समस्या है?"

Nach einer Weile warnte er erneut, diesmal mit tieferer Stimme.
थोड़ी देर बाद उसने फिर से गहरी आवाज़ में चेतावनी दी।

Doch nun klopfte die Schwester an die andere Tür.
लेकिन दूसरी तरफ के दरवाज़े पर अब बहन ने दस्तक दी।

"Gregor? Geht es dir nicht gut?", fragte sie leise.
"ग्रेगर? क्या तुम ठीक नहीं हो?" उसने धीरे से पूछा।

„Brauchen Sie irgendetwas?", fragte sie besorgt.
"क्या आपको कुछ चाहिए," उसने चिंतित होकर पूछा।

Gregor antwortete beiden Seiten: „Ich bin schon fertig."
ग्रेगर ने दोनों पक्षों को जवाब दिया: "मैं पहले ही समाप्त कर चुका हूं।"

Er hatte sich größte Mühe gegeben, alle Wörter sorgfältig auszusprechen.
उन्होंने सभी शब्दों को ध्यान से बोलने की पूरी कोशिश की थी।

Und er entfernte alles Auffällige aus seiner Stimme.
और उन्होंने अपनी आवाज़ से हर साफ़ बात हटा दी।

Auch der Vater schien mit der Antwort zufrieden zu sein.
पिता भी जवाब से संतुष्ट दिखे।

Und er kehrte zu seinem unvollendeten Frühstück zurück.

और वह अपने अधूरे नाश्ते पर वापस लौट आया।

Doch die Schwester flüsterte: „Gregor, mach auf, ich flehe dich an."
लेकिन बहन ने फुसफुसाते हुए कहा, "ग्रेगर, खोलो, मैं तुमसे विनती करती हूं।"

Doch ihre Sorge um ihn konnte ihn in keiner Weise bewegen.
लेकिन उसके लिए उसकी चिंता उसे किसी भी तरह से प्रभावित नहीं कर सकी।

Gregor hatte nicht die Absicht, ihr die Tür zu öffnen.
ग्रेगर का उसके लिए दरवाज़ा खोलने का कोई इरादा नहीं था।

Durch seine Reisen hatte er sich einige vorsichtige Gewohnheiten angeeignet.
ट्रैवलिंग से उन्हें कुछ सावधानी वाली आदतें सीखी थीं।

Und er lobte sich selbst dafür, die Türen abgeschlossen zu haben.
और उसने दरवाज़े बंद करने के लिए खुद की तारीफ़ की।

Zunächst wollte er in Ruhe und in seinem eigenen Tempo aufstehen.
पहले तो वह चुपचाप अपने समय पर उठना चाहता था।

Und er wollte sich ungestört anziehen.
और, बिना किसी परेशानी के, वह कपड़े पहनना चाहता था।

Nachdem er das geschafft hatte, wollte er frühstücken.
यह सब करने के बाद, वह नाश्ता करना चाहता था।

Erst dann wollte er die Situation weiter überdenken.
तभी वह स्थिति पर आगे विचार करना चाहते थे।

Er wusste, dass es sinnlos war, im Bett Pläne zu schmieden.
वह जानता था कि बिस्तर पर योजना बनाने का कोई फायदा नहीं है।

Zu einem vernünftigen Schluss zu gelangen, wäre unmöglich.
किसी समझदारी भरे नतीजे पर पहुंचना नामुमकिन होगा।

Es gab schon andere Male, da war er mit leichten Schmerzen aufgewacht.

कई बार ऐसा हुआ कि वह हल्के दर्द के साथ उठा।

Diese Schmerzen erwiesen sich stets als reine Einbildung.
ये दर्द हमेशा कोरी कल्पना ही निकले।

Beim Aufstehen verschwanden die Schmerzen ausnahmslos.
बिस्तर से उठते ही दर्द हमेशा के लिए खत्म हो गया।

Er war neugierig, was mit diesen Ideen geschehen würde.
वह यह जानने के लिए उत्सुक थे कि इन आइडियाज़ का क्या होगा।

Die Veränderung seiner Stimme war wahrscheinlich nur auf eine Erkältung zurückzuführen.
उसकी आवाज़ में बदलाव शायद सर्दी की वजह से था।

Erkältungen sind für Reisende einfach ein Berufsrisiko.
सर्दी-जुकाम यात्रियों के लिए एक काम का खतरा है।

Er hatte keinen Zweifel daran, dass dies die logische Erklärung war.
उन्हें इसमें कोई शक नहीं था कि यही लॉजिकल एक्सप्लेनेशन था।

Es gelang ihm mühelos, die Decke von sich zu streifen.
कंबल को अपने ऊपर से हटाना आसान हो गया।

Er musste nur einatmen und sich aufblasen.
उसे बस सांस अंदर लेनी थी और खुद को फुलाना था।

Die Decke rutschte von seinem Körper und landete auf dem Boden.
कम्बल उसके शरीर से फिसलकर फर्श पर गिर गया।

Sein unglaublich breiter Körperbau erschwerte auch andere Dinge.
उनके बहुत चौड़े शरीर की वजह से दूसरी चीज़ें मुश्किल हो जाती थीं।

Er hätte Arme und Hände gebraucht, um aufzustehen.
खड़े होने के लिए उसे हाथों और बाजुओं की ज़रूरत पड़ती।

Aber er hatte nicht mehr die Gliedmaßen, die er früher gehabt hatte.
लेकिन उसके पास वे अंग नहीं थे जो पहले हुआ करते थे।

Anstelle von Armen und Händen hatte er viele kleine Beine.
हाथों और बाजुओं की जगह उसके बहुत सारे छोटे-छोटे पैर थे।

Und seine Beine bewegten sich ständig, ohne dass er es kontrollieren konnte.
और उसके पैर लगातार हिलते रहते थे, बिना उसके कंट्रोल के।

Er versuchte, ein Bein zu beugen, aber stattdessen streckte es sich.
उसने एक पैर मोड़ने की कोशिश की, लेकिन वह खिंच गया।

Schließlich gelang es ihm, ein Bein unter seine Kontrolle zu bringen.
आखिरकार वह एक पैर को अपने कंट्रोल में लाने में कामयाब हो गया।

Doch dann wurde die Bewegung der anderen Beine freigegeben.
लेकिन फिर दूसरे पैरों की हरकत छोड़ दी गई।

Und seine Beine zuckten vor lauter Aufregung.
और उसके सारे पैर बहुत ज़्यादा एक्साइटमेंट में फड़कने लगे।

Zuerst wollte er seinen Unterkörper aus dem Bett bekommen.
पहले वह अपने शरीर के निचले हिस्से को बिस्तर से बाहर निकालना चाहता था।

Seinen Unterkörper hatte er aber noch nicht gesehen.
लेकिन असल में उसने अभी तक अपना निचला शरीर नहीं देखा था।

Und es erwies sich ohnehin als zu schwierig, diesen Teil zu versetzen.
और वैसे भी इस हिस्से को हटाना बहुत मुश्किल साबित हुआ।

Schließlich wagte er mit all seiner Kraft einen waghalsigen Schritt.
आखिरकार, अपनी पूरी ताकत लगाकर उसने एक अजीब चाल चली।

Ohne weiter zu zögern, trat er vorwärts.
बिना किसी हिचकिचाहट के वह आगे बढ़ गया।

Doch er hatte die falsche Richtung eingeschlagen.
लेकिन उसने आगे बढ़ने के लिए गलत दिशा चुन ली थी।

Er schlug mit voller Wucht mit dem Körper gegen den unteren Bettpfosten.
उसने ज़ोर से अपने शरीर को नीचे वाले बेडपोस्ट से मारा।

Der brennende Schmerz, den er empfand, lehrte ihn eine wertvolle Lektion.
उसे जो जलन महसूस हुई, उससे उसे एक कीमती सबक मिला।

Sein Unterkörper war vielleicht empfindlicher.
उसके शरीर का निचला हिस्सा शायद ज़्यादा सेंसिटिव था।

Also versuchte er zuerst, seinen Oberkörper aus dem Bett zu bekommen.
इसलिए उसने पहले अपने शरीर के ऊपरी हिस्से को बिस्तर से बाहर निकालने की कोशिश की।

Er drehte seinen Kopf vorsichtig in die richtige Richtung.
उसने ध्यान से अपना सिर सही दिशा में घुमाया।

Und schon bald lag sein Kopf am Bettrand.
और जल्द ही उसका सिर बिस्तर के किनारे की ओर था।

Diese vorsichtige Vorgehensweise fiel ihm tatsächlich leicht.
यह सावधानी भरा कदम असल में उसके लिए आसान था।

Und weder seine Breite noch sein Gewicht hinderten ihn an seinen Bewegungen.
और उसकी चौड़ाई और वज़न ने उसके मूवमेंट को नहीं रोका।

Die Masse seines Körpers folgte langsam der Drehung des Kopfes.
उसके शरीर का वज़न धीरे-धीरे सिर के घुमाव के साथ-साथ बढ़ता गया।

Doch dann streckte er den Kopf über die Bettkante.
लेकिन फिर उसने अपना सिर बिस्तर के किनारे पर रख लिया।

Und er sah sich einer neuen Angst gegenüber, über die er noch nicht nachgedacht hatte.
और उसे एक नए डर का सामना करना पड़ा जिसके बारे में उसने अभी तक सोचा नहीं था।

Ein weiteres Vorgehen in dieser Richtung könnte gefährlich sein.
इस तरह से आगे बढ़ना खतरनाक हो सकता है।

Er hatte gedacht, er würde sich einfach fallen lassen.
उसने सोचा था कि वह बस खुद को गिरने देगा।

Es wäre aber ein Wunder, wenn er sich dabei nicht am Kopf verletzen würde.
लेकिन अगर उसके सिर पर चोट नहीं लगी तो यह चमत्कार ही होगा।

Jetzt war nicht der richtige Zeitpunkt, um ein Bewusstseinsverlustrisiko einzugehen.
अब होश खोने का जोखिम उठाने का समय नहीं था।

Vielleicht wäre es doch besser, im Bett zu bleiben.
शायद बिस्तर पर ही रहना बेहतर होगा।

Doch dann musste er denselben Aufwand betreiben, um zurückzukehren.
लेकिन फिर उसे वापस आने के लिए वही कोशिश करनी पड़ी।

Nach all der Mühe lag er da, genau wie zuvor.
इतनी मेहनत के बाद भी वह पहले की तरह ही वहीं पड़ा रहा।

Und nun schienen seine Beine noch wütender zu sein als zuvor.
और अब उसके पैर पहले से भी ज़्यादा गुस्से में लग रहे थे।

Die Bewegungen seiner Beine waren noch unkontrollierbarer geworden.
उसके पैरों की हरकतें और भी बेकाबू हो गई थीं।

Er sah keinen Ausweg aus seiner Situation.
उसे उस स्थिति से बाहर निकलने का कोई रास्ता नहीं दिख रहा था जिसमें वह फंसा हुआ था।

Aus diesem Chaos konnte kein Frieden und keine Ordnung hergestellt werden.
इस अव्यवस्था से शांति और व्यवस्था नहीं लाई जा सकी।

Aber er wusste, dass auch im Bett zu bleiben keine Option war.
लेकिन वह जानता था कि बिस्तर पर रहना भी कोई ऑप्शन नहीं है।

Alles zu opfern war die vernünftigste Option.
सब कुछ कुर्बान करना सबसे समझदारी भरा ऑप्शन था।

Er klammerte sich an den kleinsten Hoffnungsschimmer, jemals wieder aufstehen zu können.
वह बिस्तर से उठने की थोड़ी सी भी उम्मीद पर कायम रहा।

Wenn ihm das gelingt, hat sich das ganze Risiko gelohnt.
अगर वह ऐसा कर लेता, तो सारा रिस्क वसूल हो जाता।

Doch gleichzeitig erinnerte er sich auch an etwas anderes.
लेकिन उसी समय उसे कुछ और भी याद आ गया।

„Besser als verzweifelte Entscheidungen sind ruhige Überlegungen."
"बेताब फैसलों से बेहतर है शांत होकर सोचना।"

Mit aller Kraft konzentrierte er seinen Blick auf das Fenster.
पूरी कोशिश करके उसने अपनी आँखें खिड़की पर टिका दीं।

Doch was er sah, stimmte ihn wenig zuversichtlich und erfreute ihn nicht.
लेकिन जो कुछ उसने देखा उससे उसे ज़्यादा कॉन्फिडेंस और खुशी नहीं मिली।

Der Morgennebel hüllte die gesamte enge Straße ein.
सुबह की धुंध ने पूरी तंग गली को ढक लिया था।

Der Wecker klingelte erneut; es war nun sieben Uhr.
अलार्म घड़ी फिर बजी; अब सात बज चुके थे।

„Es ist bereits sieben Uhr und es ist immer noch so neblig."
"अभी तो सात बज चुके हैं और अभी भी कोहरा छाया हुआ है।"

Eine Zeitlang lag er still da und atmete nur schwach.
कुछ देर तक वह चुपचाप लेटा रहा, उसकी साँसें बहुत कमज़ोर थीं।

Vielleicht würde etwas Ruhe eine gewisse Normalität herbeiführen.
शायद कुछ शांति से कुछ नॉर्मल स्थिति आ जाएगी।

Völliges Schweigen könnte die wahren Zustände herbeiführen.
पूरी तरह चुप्पी से असली हालात पैदा हो सकते हैं।

Doch bevor die Uhr erneut schlug, durchbrach er das Schweigen.
लेकिन घड़ी के दोबारा बजने से पहले ही उसने चुप्पी तोड़ दी।

Bevor die Uhr wieder schlägt, muss ich aus dem Bett sein.
"घड़ी फिर से बजने से पहले मुझे बिस्तर से उठ जाना चाहिए।"

„Ich muss bis dahin unbedingt komplett aus dem Bett sein."
"तब तक मुझे बिस्तर से पूरी तरह उठ जाना चाहिए।"

„Nach Viertel nach sieben schickt das Büro jemanden."
"सवा सात बजे के बाद ऑफिस किसी को भेजेगा।"

„Weil das Büro vor sieben Uhr öffnete."
"क्योंकि ऑफिस सात बजे से पहले खुल गया था।"

Und nun begann er, seinen Körper aus dem Bett zu schaukeln.
और अब वह बिस्तर से बाहर निकलकर अपने शरीर को हिलाने लगा।

Er hatte aufgehört, sich auf seinen Ober- oder Unterkörper zu konzentrieren.
उसने अपने ऊपरी या निचले शरीर पर ध्यान देना छोड़ दिया था।

Sein ganzer Körper musste aus dem Bett herausragen.
उसके शरीर का पूरा हिस्सा बिस्तर से उठ गया।

Bei einem Sturz in diese Richtung sollte sein Kopf geschützt sein, dachte er.
उसने सोचा कि इस तरह गिरने से उसका सिर बच जाएगा।

Er hatte geplant, den Kopf zu heben, sobald er auf dem Boden aufschlug.
उसने ज़मीन पर गिरते ही अपना सिर ऊपर उठाने का प्लान बनाया था।

Sein Rücken schien hart genug für den Aufprall zu sein.
उसके शरीर का पिछला हिस्सा टक्कर के लिए काफी सख्त लग रहा था।

Und der Teppich diente dazu, die Landung abzufedern.
और कालीन लैंडिंग को नरम बनाने के लिए था।

Seine größte Sorge galt jedoch dem Lärm.
हालाँकि, उनकी सबसे बड़ी चिंता तेज़ आवाज़ थी।

Das krachende Geräusch würde alle im Haus erschrecken.
टक्कर की आवाज़ से घर में सभी लोग डर जाते थे।

Vielleicht hätten sie keine Angst vor dem lauten Lärm.
शायद वे तेज़ आवाज़ से नहीं डरेंगे।

Aber sie wären mit Sicherheit besorgt, wenn sie davon hörten.
लेकिन अगर वे सुनेंगे तो वे ज़रूर चिंतित होंगे।

Man musste aber das Risiko eingehen, Aufmerksamkeit zu erregen.

लेकिन ध्यान खींचने का रिस्क तो उठाना ही था।

Die neue Methode war eher ein Spiel als eine Anstrengung.
नया तरीका कोशिश से ज़्यादा एक खेल था।

Er musste seinen Körper in plötzlichen und ruckartigen Bewegungen hin und her wiegen.
उसे अपने शरीर को अचानक और झटकेदार हरकतों से हिलाना पड़ता था।

Gregor war schon halb aus dem Bett aufgestanden.
ग्रेगर पहले ही बिस्तर से आधा बाहर आ चुका था।

Nun kam ihm gerade ein neuer Gedanke.
अब उसके मन में एक नया विचार आया।

„Es wäre alles so einfach, wenn mir jemand zu Hilfe käme."
"अगर कोई मेरी मदद के लिए आ जाए तो यह सब बहुत आसान हो जाएगा।"

„Zwei kräftige Personen würden völlig ausreichen."
"दो मजबूत लोग पूरी तरह से काफी होंगे।"

Sein Vater und das Dienstmädchen wären stark genug.
उसके पिता और नौकरानी काफी मजबूत होंगे।

Sie müssten nur ihre Arme unter seinen Rücken schieben.
उन्हें बस अपनी बाहें उसकी पीठ के नीचे सरकानी होंगी।

Und dann könnten sie ihn ganz leicht aus dem Bett ziehen.
और फिर वे उसे आसानी से बिस्तर से बाहर निकाल सकते थे।

Vielleicht hätten sie sein Gewicht langsam reduzieren müssen.
शायद उन्हें धीरे-धीरे उसका वज़न कम करना पड़ता।

Hoffentlich hätten die Beine dann ihren Zweck gefunden.
उम्मीद है कि तब पैरों को अपना मकसद मिल गया होगा।

Wäre es nicht letztendlich besser, um Hilfe zu rufen?
"क्या मदद के लिए फ़ोन करना बेहतर नहीं होगा?"

Das Problem war natürlich, dass er die Türen abgeschlossen hatte.
समस्या यह थी कि उसने दरवाज़े बंद कर दिए थे।

Irgendwie hatte der Gedanke etwas, das ihn amüsierte.
इस विचार में कुछ ऐसा था जो उसे गुदगुदाता था।

Und trotz seiner Notlage konnte er sich ein Lächeln nicht verkneifen.
और अपनी मुश्किलों के बावजूद, वह अपनी मुस्कान को दबा नहीं सका।

Er war schon kurz davor, das Gleichgewicht zu verlieren.
अब वह अपना बैलेंस खोने के करीब था।

Mit jedem Schwung kam er dem Umkippen vom Bett näher.
हर झटके के साथ वह बिस्तर से गिरने के करीब आ रहा था।

Bald musste er die endgültige Entscheidung treffen.
जल्द ही उसे आखिरी फैसला लेना था।

In fünf Minuten würde es Viertel nach sieben sein.
पांच मिनट में सवा सात बजने वाले थे।

Während er diesen Gedanken nachging, klingelte es an der Tür.
जब वह ये सोच रहा था, तभी दरवाज़े की घंटी बजी।

„Das ist jemand aus dem Büro", sagte er zu sich selbst.
"यह ऑफिस से कोई है," उसने खुद से कहा।

Und er erstarrte fast vor Angst angesichts des Besuchers.
और वह विज़िटर के कारण डर के मारे लगभग जम गया।

Seine Beine tanzten noch wilder als zuvor.
उसके पैर पहले से भी ज़्यादा ज़ोर से नाच रहे थे।

Doch dann herrschte einen Moment lang Stille.
लेकिन फिर, एक पल के लिए सब कुछ शांत हो गया।

„Sie werden die Tür nicht öffnen", sagte Gregor zu sich selbst.
"वे दरवाज़ा नहीं खोलेंगे," ग्रेगर ने खुद से कहा।

Er war noch immer einer sinnlosen Hoffnung verfallen.
वह अभी भी किसी बेकार की उम्मीद में फंसा हुआ था।

Doch dann ging das Dienstmädchen natürlich zur Tür.
लेकिन फिर, ज़ाहिर है, नौकरानी दरवाज़े तक चली गई।

Und wie immer öffnete sie dem Besucher die Tür.
और, हमेशा की तरह, उसने विज़िटर के लिए दरवाज़ा खोला।

Gregor brauchte nur die erste Begrüßung des Besuchers zu hören.

ग्रेगर को बस विज़िटर का पहला अभिवादन सुनने की ज़रूरत थी।

Er konnte sofort erkennen, wer ihn gesucht hatte.
वह तुरंत बता सकता था कि उसके लिए कौन आया था।

Der Hauptschreiber selbst war gekommen, um nach Samsa zu sehen.
चीफ क्लर्क खुद समसा का हालचाल जानने आया था।

Warum war Gregor der Einzige, der zu diesem Schicksal verurteilt wurde?
ग्रेगर को ही इस तरह की सजा क्यों दी गई?

Warum musste ausgerechnet er in einer solchen Organisation dienen?
सिर्फ़ उन्हें ही ऐसे संगठन में काम क्यों करना पड़ा?

Das geringste Versehen weckte sofort Misstrauen.
थोड़ी सी भी चूक से तुरंत शक पैदा हो जाता था।

Waren alle Angestellten, die dort arbeiteten, Schurken?
क्या वहां काम करने वाले सभी कर्मचारी बदमाश थे?

Gab es denn keinen treuen und ergebenen Menschen unter ihnen?
क्या उनमें कोई वफ़ादार और समर्पित इंसान नहीं था?

Hätten sie nicht einfach einen Lehrling schicken können?
क्या वे किसी अप्रेंटिस को नहीं भेज सकते थे?

War diese ganze Infragestellung überhaupt notwendig?
क्या ये सारे सवाल-जवाब वाकई ज़रूरी थे?

Musste der Bevollmächtigte persönlich erscheinen?
क्या ऑथराइज़्ड रिप्रेज़ेंटेटिव को खुद आना पड़ा?

Musste wirklich die gesamte unschuldige Familie informiert werden?
क्या पूरे बेगुनाह परिवार को बताना ज़रूरी था?

All diese Überlegungen veranlassten Gregor zum Handeln.
इन सभी बातों ने ग्रेगर को एक्शन लेने पर मजबूर कर दिया।

Er schwang sich mit aller Kraft aus dem Bett.
वह पूरी ताकत से बिस्तर से बाहर निकला।

Es gab einen lauten Knall, aber es war eigentlich kein richtiges Geräusch.
एक ज़ोरदार धमाका हुआ, लेकिन असल में वह कोई शोर नहीं था।

Der Fall wurde durch den Teppich etwas abgemildert.
कालीन की वजह से गिरावट थोड़ी नरम हो गई थी।

Sein Rücken war elastischer, als Gregor angenommen hatte.
उसकी पीठ ग्रेगर की सोच से ज़्यादा लचीली थी।

Der Klang war also dumpfer und nicht so auffällig.
इसलिए आवाज़ ज़्यादा धीमी थी, और ज़्यादा ध्यान देने लायक नहीं थी।

Doch er hatte seinen Kopf während des Sturzes nicht geschützt.
लेकिन गिरने के दौरान उसने अपने सिर का ध्यान नहीं रखा था।

Und als er auf den Boden aufschlug, schlug er auch mit dem Kopf auf.
और जब वह ज़मीन पर गिरा तो उसका सिर भी टकरा गया।

Er rieb sich vor Wut und Schmerz den Kopf am Teppich.
गुस्से और दर्द में उसने अपना सिर कालीन पर रगड़ा।

Der Manager im Nachbarzimmer hörte jedoch den Lärm.
लेकिन बगल वाले कमरे में बैठे मैनेजर ने शोर सुन लिया।

„Da ist etwas hineingefallen", stellte er richtig fest.
"वहाँ कुछ गिरा था," उसने सही कहा।

Gregor versuchte, sich den Manager in seine Lage zu versetzen.
ग्रेगर ने मैनेजर को अपनी स्थिति में कल्पना करने की कोशिश की।

„Könnte ihm dasselbe passieren?", fragte er sich.
"क्या उसके साथ भी ऐसा ही हो सकता है?" उसने सोचा।

Er akzeptierte, dass dieses seltsame Ereignis möglich sein könnte.
उन्होंने माना कि यह अजीब घटना हो सकती है।

Und dann ging der Hauptsekretär ein paar Schritte in den Raum.
और फिर चीफ क्लर्क कमरे की ओर कुछ कदम बढ़ा।

Es war fast schon eine plumpe Antwort auf seine Frage.

यह उनके पूछे गए सवाल का लगभग कच्चा जवाब था।

Seine Lederstiefel knarrten, als er sich der Tür näherte.
जैसे ही वह दरवाज़े के पास पहुँचा, उसके चमड़े के जूते चरमराने लगे।

Aus dem Zimmer zu seiner Rechten flüsterte ihm seine Magd zu.
उनके दाहिनी ओर के कमरे से उनकी नौकरानी ने फुसफुसाकर कहा।

„Gregor, der Bevollmächtigte, ist hier."
"ग्रेगर, ऑथराइज़्ड रिप्रेज़ेंटेटिव यहाँ है।"

„Ich weiß", sagte Gregor, aber nur leise zu sich selbst.
"मुझे पता है," ग्रेगर ने कहा, लेकिन सिर्फ़ अपने आप से।

Er wagte es nicht, seine Stimme lauter als ein Flüstern zu erheben.
वह फुसफुसाहट से ज़्यादा अपनी आवाज़ उठाने की हिम्मत नहीं कर पाया।

Weil Gregor nicht wollte, dass seine Schwester ihn hörte.
क्योंकि ग्रेगर नहीं चाहता था कि उसकी बहन उसकी बात सुन ले।

„Gregor", sagte der Vater aus dem Zimmer links.
"ग्रेगर," बाईं ओर के कमरे से पिता ने कहा।

Der Manager ist gekommen, um nach dem Rechten zu sehen.
"मैनेजर यह देखने आया है कि प्रॉब्लम क्या है।"

„Er fragte, warum du nicht den frühen Zug genommen hast."
"उसने पूछा कि तुम सुबह की ट्रेन से क्यों नहीं निकले।"

„Wir wissen nicht, was wir ihm sagen sollen", sagte der Vater.
पिता ने कहा, "हमें नहीं पता कि उससे क्या कहना है।"

„Übrigens möchte er auch persönlich mit Ihnen sprechen."
"वैसे, वह आपसे पर्सनली भी बात करना चाहता है।"

„Bitte öffnen Sie die Tür, damit er mit Ihnen sprechen kann."
"प्लीज़ दरवाज़ा खोलिए, ताकि वह आपसे बात कर सके।"

„Er wird so freundlich sein, das Chaos im Zimmer zu entschuldigen."

"वह कमरे में गंदगी को माफ़ कर देंगे।"

"Guten Morgen, Herr Samsa", rief ihm der Manager zu.
"गुड मॉर्निंग, मिस्टर समसा," मैनेजर ने उन्हें पुकारा।

Und er sprach ganz gewiss in freundlicher Weise mit ihm.
और उन्होंने ज़रूर उससे दोस्ताना तरीके से बात की।

„Es geht ihm nicht gut", sagte die Mutter zum Manager.
"वह ठीक नहीं है," माँ ने मैनेजर से कहा।

„Es geht ihm überhaupt nicht gut, glauben Sie mir, lieber Manager."
"वह बिल्कुल ठीक नहीं है, मेरा विश्वास करो, प्रिय मैनेजर।"

"Warum sonst sollte Gregor den Morgenzug verpassen?"
"नहीं तो ग्रेगर सुबह की ट्रेन क्यों मिस करेगा?"

„Der Junge hat nichts anderes im Kopf als das Geschäft."
"लड़के के दिमाग में बिज़नेस के अलावा कुछ नहीं है।"

„Es ärgert mich fast, dass er nichts anderes tut."
"मुझे इस बात से गुस्सा आता है कि वह और कुछ नहीं करता।"

„Ich wünschte, er würde abends an die frische Luft gehen."
"काश वह शाम को ताज़ी हवा के लिए बाहर जाता।"

„Er war acht Tage geschäftlich in der Stadt."
"वह बिज़नेस के लिए आठ दिनों तक शहर में था।"

„Aber er war ja jeden dieser Abende zu Hause."
"लेकिन फिर वह हर शाम घर पर ही रहता था"

„Er sitzt an unserem Tisch und liest die Zeitung."
"वह हमारी टेबल पर बैठकर अखबार पढ़ता है।"

„Manchmal studiert er auch die Fahrpläne der Züge."
"दूसरे समय में, वह ट्रेनों के टाइमटेबल पढ़ता है।"

„Manchmal beschäftigt er sich mit Tischlerarbeiten."
"कभी-कभी वह खुद को बढ़ईगीरी में व्यस्त रखता है।"

„Zum Beispiel schnitzte er einen kleinen Bilderrahmen aus Holz."
"उदाहरण के लिए, उसने एक छोटा लकड़ी का पिक्चर फ्रेम बनाया।"

„An zwei oder drei Abenden war er mit der Säge beschäftigt."

"दो या तीन शाम तक वह आरी चलाने में व्यस्त था।"

„Sie werden staunen, wie hübsch der Bilderrahmen ist.“
"आप हैरान रह जाएंगे कि पिक्चर फ्रेम कितना सुंदर है।"

„Er hat den Bilderrahmen in seinem Zimmer aufgehängt.“
"उसने अपने कमरे में पिक्चर फ्रेम टांग दिया है।"

„Wenn er die Tür öffnet, werden Sie seine Holzarbeiten sehen.“
"जब वह दरवाज़ा खोलेगा तो आप उसकी लकड़ी की कारीगरी देखेंगे।"

„Übrigens freut es mich, dass Sie hier sind, Herr Prokurist.“
"वैसे, मुझे खुशी है कि आप यहाँ हैं, मिस्टर प्रोकुरिस्ट।"

„Wir allein hätten Gregor nicht dazu bringen können, die Tür zu öffnen.“
"हम अकेले ग्रेगर से दरवाज़ा नहीं खुलवा सकते थे।"

„Er ist so stur“, gestand seine Mutter dem Angestellten.
"वह बहुत जिद्दी है," उसकी माँ ने क्लर्क से कहा।

„Er ist ganz sicher krank, obwohl er das vorher bestritten hat.“
"वह निश्चित रूप से बीमार हैं, हालांकि उन्होंने पहले इससे इनकार किया था।"

„Ich komme gleich“, sagte Gregor langsam und bedächtig.
"मैं अभी आता हूँ," ग्रेगर ने धीरे और सावधानी से कहा।

Doch er machte keine Anstalten, sich der Tür des Zimmers zuzuwenden.
लेकिन उसने कमरे के दरवाज़े की तरफ़ कोई हरकत नहीं की।

Er wollte kein Wort des Gesprächs verpassen.
वह बातचीत का एक भी शब्द नहीं खोना चाहता था।

Der Hauptsekretär stimmte der Einschätzung der Mutter zu.
चीफ क्लर्क मां के असेसमेंट से सहमत था।

"Ich kann es Ihnen auch nicht anders erklären, Madam."
"मैं इसे किसी और तरीके से भी नहीं समझा सकता, मैडम।"

„Hoffen wir alle, dass er keine schwere Krankheit hat“, sagte er.
उन्होंने कहा, "हम सब उम्मीद करें कि उन्हें कोई गंभीर बीमारी नहीं है।"

„Andererseits stellt es eine Gefahr in unserer Branche dar.“

"दूसरी ओर, यह हमारी इंडस्ट्री में एक खतरा है।"

„Wir Geschäftsleute müssen oft Unannehmlichkeiten überwinden."
"हम बिज़नेस करने वालों को अक्सर परेशानी से निपटना पड़ता है।"

„Profis müssen leichte Schmerzen einfach aushalten."
"प्रोफेशनल्स को बस थोड़ी सी तकलीफ़ों से गुज़रना पड़ता है।"

Währenddessen klopfte sein Vater erneut an die andere Tür.
इस बीच उसके पिता ने फिर से दूसरे दरवाजे पर दस्तक दी।

„Kann der Hauptsekretär jetzt hereinkommen?", wollte er wissen.
"क्या अब चीफ क्लर्क अंदर आ सकते हैं?" वह जानना चाहता था।

"Nein, das kann er nicht", antwortete Gregor auf die Frage seines Vaters.
"नहीं, वह ऐसा नहीं कर सकता," ग्रेगर ने अपने पिता के सवाल पर जवाब दिया।

Im Raum links von uns herrschte betretenes Schweigen.
बाई ओर के कमरे में एक अजीब सी खामोशी छा गई।

Im Zimmer rechts begann die Schwester zu schluchzen.
दाहिनी ओर के कमरे में बहन रोने लगी।

Warum war die Schwester nicht zu den anderen gegangen?
बहन दूसरों के साथ क्यों नहीं गई?

Sie war wahrscheinlich gerade erst aufgestanden, dachte er.
उसने सोचा, शायद वह अभी-अभी बिस्तर से उठी होगी।

Vielleicht hatte sie noch gar nicht angefangen, sich anzuziehen.
हो सकता है कि उसने अभी तक कपड़े पहनना भी शुरू नहीं किया हो।

Gregor aber verstand nicht, warum sie weinte.
लेकिन ग्रेगर समझ नहीं पा रहा था कि वह क्यों रो रही है।

Lag es daran, dass er nicht aufgestanden war und den Manager hereingelassen hatte?
क्या ऐसा इसलिए हुआ क्योंकि वह उठा नहीं और मैनेजर को अंदर नहीं आने दिया?

Lag es daran, dass er Gefahr lief, seinen Job zu verlieren?

क्या ऐसा इसलिए था क्योंकि उसे अपनी नौकरी खोने का खतरा था?

Könnte der Chef wie früher gegen die Eltern vorgehen?
क्या बॉस पहले की तरह माता-पिता के पीछे पड़ सकता है?

Würde er seine alten Forderungen an sie wiederholen?
क्या वह उनसे फिर से पुरानी मांगें करने वाला था?

Diese Dinge waren wahrscheinlich unnötig.
इन बातों के बारे में शायद चिंता करने की ज़रूरत नहीं थी।

Im Moment hatte sie keinen Grund zu weinen.
फिलहाल उसके पास रोने का कोई कारण नहीं था।

Gregor war noch da und sorgte für seine Familie.
ग्रेगर अभी भी यहीं था और परिवार का खर्च चला रहा था।

Und er hatte nie die Absicht, die Familie zu verlassen.
और उनका कभी भी परिवार छोड़ने का कोई इरादा नहीं था।

Im Moment lag er einfach nur da auf dem Teppich.
कुछ देर के लिए वह वहीं कालीन पर लेटा रहा।

Die Familie wusste nichts von seinem Zustand.
परिवार को नहीं पता था कि वह किस हालत में है।

Hätten sie das gewusst, hätten sie seinen Chef nicht ermutigt.
अगर उन्हें पता होता तो वे उसके बॉस को बढ़ावा नहीं देते।

Sie hätten nicht einmal den Manager ins Haus gelassen.
उन्होंने मैनेजर को भी घर में नहीं आने दिया।

Ihn abzuweisen wäre nicht besonders unhöflich gewesen.
उसे मना करना कोई खास बुरा बर्ताव नहीं होता।

Er hätte später problemlos eine passende Ausrede finden können.
बाद में वह आसानी से कोई सही बहाना ढूंढ सकता था।

Dafür hätte er nicht entlassen werden können.
यह ऐसी बात नहीं थी जिसके लिए उन्हें नौकरी से निकाला जा सकता था।

Gregor war der Ansicht, dass es jetzt vernünftiger wäre, allein gelassen zu werden.
ग्रेगर को लगा कि अब अकेले रहना ज़्यादा समझदारी होगी।

Ihn durch Weinen und Reden zu stören, brachte wenig.

उसे रोकर और बात करके परेशान करने से कुछ खास फायदा नहीं हुआ।

Doch die anderen beunruhigte die Ungewissheit.
लेकिन यह अनिश्चितता थी जो दूसरों को परेशान कर रही थी।

Und genau diese Unsicherheit entschuldigte ihr Verhalten.
और इसी अनिश्चितता ने उनके व्यवहार को सही ठहराया।

„Herr Samsa!", rief der Manager mit erhobener Stimme.
"मिस्टर समसा," मैनेजर ने ऊंची आवाज़ में पुकारा।

„Was ist los mit dir?", wollte er wissen.
"तुम्हारे साथ क्या हो रहा है?" वह जानना चाहता था।

„Du hast dich in deinem Zimmer verbarrikadiert."
"आपने अपने कमरे में खुद को बंद कर लिया है।"

„Sie antworten nur mit ‚Ja' oder ‚Nein'."
"आप केवल 'हां' या 'नहीं' में उत्तर दें।"

„Du bereitest deinen Eltern große Sorgen."
"तुम अपने माता-पिता को बहुत परेशान कर रहे हो।"

„Ich sehe keinen guten Grund, warum Sie sie beunruhigen sollten."
"मुझे कोई अच्छा कारण नहीं दिख रहा कि आप उन्हें क्यों परेशान कर रहे हैं।"

„Es gibt da noch eine Sache, die ich nebenbei erwähnen möchte."
"एक और बात है जो मैं चलते-चलते बताना चाहूंगा।"

„Sie vernachlässigen auch Ihre geschäftlichen Pflichten uns gegenüber."
"आप हमारे प्रति अपने बिज़नेस के कामों को भी नज़रअंदाज़ कर रहे हैं।"

„Eine solche Verantwortungslosigkeit entspricht so gar nicht Ihrem Charakter."
"ऐसी गैरजिम्मेदारी आपके स्वभाव से बिल्कुल अलग है।"

„Ich spreche hier im Namen Ihrer Eltern und Ihres Chefs."
"मैं यहां आपके माता-पिता और आपके बॉस की ओर से बोल रहा हूं।"

„Und ich bitte Sie um eine sofortige und klare Erklärung."
"और मैं आपसे तुरंत और साफ़ एक्सप्लेनेशन मांगता हूं।"

„Das Ganze erstaunt mich wirklich, das muss ich sagen."
"मुझे कहना होगा कि यह पूरी बात मुझे सच में हैरान करती है।"

„Ich dachte, ich kenne dich als ruhigen und vernünftigen Menschen."
"मुझे लगा कि मैं आपको एक शांत और समझदार इंसान के तौर पर जानता हूँ।"

„Aber jetzt zeigst du uns eine andere Seite von dir."
"लेकिन अब आप हमें अपना एक अलग रूप दिखा रहे हैं।"

„Plötzlich zeigst du deine ganz eigenen Launen."
"अचानक से तुम अपनी अजीब हरकतें दिखा रहे हो।"

„Aber es könnte eine Erklärung für Ihr Scheitern geben."
"लेकिन आपकी नाकामी के लिए कोई वजह हो सकती है।"

„Der Chef erwähnte eine Forderung, die Sie für uns eingetrieben hatten."
"बॉस ने उस कर्ज़ का ज़िक्र किया जो आपने हमारे लिए वसूला था।"

"Ich habe dem Chef in Ihrem Namen mein Ehrenwort gegeben."
"मैंने आपकी तरफ से बॉस को अपनी कसम दी है।"

„Aber jetzt sehe ich deine unverständliche Sturheit."
"लेकिन अब मुझे तुम्हारी समझ से परे ज़िद दिख रही है।"

"Vielleicht verliere ich auch noch jegliche Lust, dir überhaupt zu helfen."
"हो सकता है कि मैं अब भी आपकी मदद करने की अपनी इच्छा खो दूं।"

„Ihre Arbeitsplatzsicherheit ist keineswegs völlig stabil."
"आपकी जॉब सिक्योरिटी किसी भी तरह से पूरी तरह स्टेबल नहीं है।"

„Eigentlich wollte ich euch das alles unter vier Augen erzählen."
"असल में मेरा इरादा आपको यह सब अकेले में बताने का था।"

„Aber jetzt sehe ich, dass Sie wollen, dass ich hier meine Zeit verschwende."
"लेकिन अब मैं देख रहा हूँ कि आप चाहते हैं कि मैं यहाँ अपना समय बर्बाद करूँ।"

„Ich sehe also keinen Grund, warum deine Eltern das nicht wissen sollten."

"तो मुझे कोई कारण नहीं दिखता कि आपके माता-पिता को पता क्यों नहीं होना चाहिए।"

„Ihre Leistungen in letzter Zeit waren nicht zufriedenstellend.“
"आपका हालिया प्रदर्शन संतोषजनक नहीं रहा है।"

„Ich räume ein, dass die Verkäufe zu dieser Jahreszeit langsamer laufen.“
"मैं मानता हूं कि साल के इस समय बिक्री धीमी है।"

„Aber es gibt keine Jahreszeit, in der es keine Verkäufe gibt.“
"लेकिन साल का कोई भी समय ऐसा नहीं होता जब बिक्री न हो।"

Für einen Moment vergaß Gregor alles um sich herum.
एक पल के लिए ग्रेगर अपने आस-पास की हर चीज़ भूल गया।

„Aber Herr Prokurist!“, rief Gregor verzweifelt aus.
"लेकिन मिस्टर प्रोकुरिस्ट," ग्रेगर निराशा में चिल्लाया।

"Ich öffne die Tür sofort, jetzt gleich, keine Sorge."
"मैं अभी दरवाज़ा खोल दूँगा, चिंता मत करो।"

„Das Problem ist, dass ich mich ziemlich unwohl fühle.“
"समस्या यह है कि मैं काफी अस्वस्थ महसूस कर रहा हूं।"

„Mir war schwindelig, deshalb konnte ich die Tür nicht erreichen.“
"मुझे चक्कर आने की वजह से मैं दरवाज़े तक नहीं पहुँच पाया।"

„Ich liege zwar noch im Bett, aber es geht mir schon viel besser.“
"मैं अभी भी बिस्तर पर लेटा हुआ हूँ, लेकिन मुझे बहुत बेहतर महसूस हो रहा है।"

"Einen Moment bitte, ich stehe gerade erst auf."
"एक मिनट रुकिए, मैं अभी बिस्तर से उठ रहा हूँ।"

"Einen Moment Geduld, Herr Prokurist, ist alles, worum ich bitte."
"मिस्टर प्रोकुरिस्ट, मैं बस एक पल का सब्र चाहता हूँ।"

„Es läuft nicht so gut, wie ich dachte, aber ich werde es schon schaffen.“

"जैसा मैंने सोचा था, सब ठीक नहीं चल रहा है, लेकिन मैं ठीक हो जाऊंगा।"

"Wie kann so etwas einem Menschen so schnell passieren?"
"किसी व्यक्ति के साथ इतनी जल्दी ऐसा कैसे हो सकता है?"

„Mir ging es gestern Abend gut, das wissen meine Eltern.“
"कल रात मैं ठीक महसूस कर रहा था, मेरे माता-पिता यह जानते हैं।"

„Aber vielleicht hatte ich damals schon eine kleine Vorahnung.“
"लेकिन शायद मुझे पहले से ही थोड़ा सा अंदाज़ा हो गया था।"

„Man könnte sich fragen, warum ich es nicht im Büro gemeldet habe.“
"आप पूछ सकते हैं कि मैंने इसकी रिपोर्ट ऑफिस में क्यों नहीं की।"

„Ich dachte, ich würde mich morgen früh wieder viel besser fühlen.“
"मुझे लगा कि सुबह मैं फिर से बेहतर महसूस करूंगा।"

„Man denkt immer, dass sie die Krankheit bis dahin besiegt haben werden.“
"हमेशा यही लगता है कि तब तक वे बीमारी को हरा देंगे।"

„Aber bitte! Verschonen Sie meine Eltern vor diesen Anschuldigungen!“
"लेकिन प्लीज़! मेरे माता-पिता को इन इल्ज़ामों से बचा लो!"

„Mir wurde kein Wort von dem erzählt, was Sie mir erzählt haben.“
"आपने जो कुछ भी मुझे बताया है, उसके बारे में मुझे एक शब्द भी नहीं बताया गया है।"

„Sie haben möglicherweise die letzten von mir versandten Befehle nicht gelesen.“
"हो सकता है कि आपने मेरे भेजे गए पिछले ऑर्डर नहीं पढ़े हों।"

„Übrigens, du brauchst dir heute keine Sorgen um mich zu machen.“
"वैसे, आज आपको मेरी चिंता करने की ज़रूरत नहीं है।"

„Ich werde trotzdem den Zug um acht Uhr nehmen.“
"मैं अभी भी आठ बजे की ट्रेन लेने जा रहा हूँ।"

„Die wenigen Stunden Ruhe haben mich ausreichend
gestärkt."
"कुछ घंटों के आराम ने मुझे काफी ताकत दी है।"

"Sie müssen wirklich nicht warten, Manager."
"मैनेजर, आपको इंतज़ार करने की कोई ज़रूरत नहीं है।"

„Auch ich werde schon bald im Büro sein."
"मैं भी बहुत जल्द ऑफिस में आ जाऊंगा।"

"Und bitte seien Sie so freundlich, ein gutes Wort für mich
einzulegen."
"और कृपया मेरे लिए एक अच्छी बात कहें।"

Gregor hatte seine Erklärung recht hastig vorgetragen.
ग्रेगर ने अपनी बात बहुत जल्दी में कही थी।

Er wusste selbst kaum, was er eigentlich sagen wollte.
उसे शायद ही पता था कि वह असल में क्या कहना चाह रहा था।

Er ging zu der Kiste und versuchte, sich daran
hochzuziehen.
वह बॉक्स के पास गया और खड़े होने के लिए उसका इस्तेमाल करने की
कोशिश की।

Er hatte wirklich die feste Absicht, die Tür zu öffnen.
उसका सच में दरवाज़ा खोलने का पूरा इरादा था।

Er wollte vom Bevollmächtigten empfangen werden.
वह चाहता था कि ऑथराइज़्ड रिप्रेज़ेंटेटिव उससे मिले।

Und er wollte das Problem persönlich mit ihm lösen.
और वह खुद उसके साथ मिलकर प्रॉब्लम सॉल्व करना चाहते थे।

Er war gespannt darauf, wie die anderen auf ihn reagieren
würden.
वह यह जानने के लिए उत्सुक था कि दूसरे लोग उस पर क्या प्रतिक्रिया देंगे।

Sie sind bestimmt inzwischen auch gespannt darauf, wie es
ihm geht.
अब तो वे भी यह देखने के लिए उत्सुक होंगे कि वह कैसा है।

Es gab zwei mögliche Arten, wie sie auf ihn reagieren
konnten.
उनके पास उस पर रिएक्ट करने के दो तरीके थे।

Eine Möglichkeit war, dass sie Angst bekommen würden.
एक संभावना यह थी कि वे डर जाएंगे।

Wenn sie Angst hatten, dann trug er keine Verantwortung.
अगर वे डरे हुए थे तो उसकी कोई ज़िम्मेदारी नहीं थी।

Und dann müsste er sich keine Sorgen mehr um die Situation machen.
और फिर उसे स्थिति के बारे में चिंता करने की ज़रूरत नहीं होगी।

Es gab aber auch noch eine andere Möglichkeit, die man in Betracht ziehen musste.
लेकिन इसके बारे में सोचने के लिए एक और संभावना भी थी।

Vielleicht würden sie ihn so, wie er war, einfach hinnehmen.
शायद वे शांति से उसे वैसे ही स्वीकार कर लेंगे जैसा वह था।

Dann hätte auch Gregor keinen Grund, sich aufzuregen.
तब ग्रेगर के पास भी परेशान होने का कोई कारण नहीं होगा।

Es bliebe noch genügend Zeit, den Zug zu erreichen.
ट्रेन पकड़ने के लिए अभी भी काफी समय होगा।

Das Aufrechtstehen war jedoch alles andere als einfach.
हालाँकि, सीधा खड़ा होना कोई आसान काम नहीं था।

Bei seinen ersten Versuchen rutschte er von der Kiste ab.
अपनी पहली कई कोशिशों में वह बॉक्स से फिसल गया।

Die Kiste war zu glatt, als dass er sich dagegen stemmen konnte.
बक्सा इतना चिकना था कि वह उसके सामने खड़ा नहीं हो सका।

Und schließlich gab er sich noch einen letzten Anstoß, um aufzustehen.
और आखिरकार उसने खड़े होने के लिए खुद को एक आखिरी धक्का दिया।

Er schenkte den Schmerzen in seinem Bauch keine Beachtung mehr.
उसने अपने पेट के दर्द पर कोई ध्यान नहीं दिया।

Egal wie groß der Schmerz sein würde, er würde es durchstehen.
चाहे कितना भी दर्द हो, वह उससे उबर जाएगा।

Er ließ sich gegen die Lehne eines nahegelegenen Stuhls fallen.
वह पास की कुर्सी के पीछे गिर गया।

Und er hielt sich mit seinen kleinen Beinchen am Rand fest.
और उसने अपने छोटे पैरों से किनारों को पकड़ रखा था।

Zu diesem Zeitpunkt hatte er sich besser im Griff.
इस समय तक उसे खुद पर ज़्यादा कंट्रोल मिल गया था।

Und sein Fall war stiller als der vorherige.
और उसका पतन पिछले पतन से ज़्यादा चुपचाप हुआ।

Weil er dem Manager zuhören musste.
क्योंकि उसे मैनेजर की बात सुननी थी।

„Habt ihr irgendetwas davon verstanden?", fragte er die Eltern.
"क्या आपको यह सब समझ में आया?" उसने माता-पिता से पूछा।

"Er würde uns doch nicht zum Narren halten, oder?"
"वह हमें बेवकूफ़ तो नहीं बनाएगा, है न?"

„Um Gottes Willen!", rief die Mutter und weinte bereits.
"भगवान के लिए," माँ ने रोते हुए कहा।

„Er könnte schwer krank sein und wir quälen ihn."
"हो सकता है कि वह गंभीर रूप से बीमार हो और हम उसे परेशान कर रहे हों।"

"Grete! Grete!", schrie sie ihrer Tochter zu.
"ग्रेटे! ग्रेटे!" वह बेटी से चिल्लाई।

„Mutter?", rief die Schwester von der anderen Seite.
"माँ?" दूसरी तरफ से बहन ने पुकारा।

Dann kommunizierten sie durch Gregors Zimmer.
फिर उन्होंने ग्रेगर के कमरे से बातचीत की।

„Gregor ist sehr krank und braucht Medikamente."
"ग्रेगर बहुत बीमार है और उसे दवा की ज़रूरत है।"

„Sie müssen sofort zum Arzt gehen."
"तुम्हें तुरंत डॉक्टर के पास जाना होगा।"

Hast du gehört, wie Gregor eben gesprochen hat?
"क्या तुमने सुना कि ग्रेगर ने अभी कैसे बात की?"

„Das war die Stimme eines Tieres", sagte der Manager.
मैनेजर ने कहा, "यह किसी जानवर की आवाज़ थी।"

Seine Worte waren leise im Vergleich zu den Schreien der Mutter.
माँ की चीखों की तुलना में उसके शब्द शांत थे।

"Anna! Anna!", rief der Vater durch das Vorzimmer.
"अन्ना! अन्ना!" पिता ने एंटरूम से पुकारा।

Und er klatschte in die Hände, um ihre Aufmerksamkeit zu erregen.
और उन्होंने उनका ध्यान खींचने के लिए ताली बजाई।

"Holt sofort einen Schlüsseldienst!", befahl er dem Dienstmädchen.
"तुरंत एक ताला बनाने वाले को बुलाओ!" उसने नौकरानी को आदेश दिया।

Die Mädchen rannten in ihren Röcken durch das Vorzimmer.
लड़कियाँ अपनी स्कर्ट पहने हुए, एंटरूम से भागीं।

Und ihre Röcke raschelten, als sie an seinem Zimmer vorbeiliefen.
और जब वे उसके कमरे के पास से भागीं तो उनकी स्कर्ट में सरसराहट हुई।

„Wie konnte sich die Schwester so schnell anziehen?", dachte er.
"बहन ने इतनी जल्दी कैसे कपड़े पहन लिए?" उसने सोचा।

Die Tür war aufgerissen, aber nicht zugeschlagen.
दरवाज़ा तो टूट गया था, लेकिन उसे ज़ोर से बंद नहीं किया गया था।

Dies kommt häufig in Haushalten vor, in denen ein großes Unglück geschieht.
यह उन घरों में आम बात है जहां कोई बड़ी मुसीबत आती है।

All das hatte Gregor jedoch deutlich ruhiger gemacht.
लेकिन इन सब बातों से ग्रेगर काफी शांत हो गया था।

Als er seine eigenen Worte hörte, erschienen sie ihm klar.
जब उसने अपनी बातें सुनीं तो वे उसे साफ़ लगीं।

Tatsächlich war er der Ansicht, seine Worte seien eigentlich klarer gewesen.

असल में उसे लगा कि उसकी बातें ज़्यादा साफ़ हो गई थीं।

Die anderen aber verstanden nicht mehr, was er sagte.
लेकिन बाकी लोगों को अब समझ नहीं आ रहा था कि वह क्या कह रहा है।

Vielleicht hatte er sich inzwischen an seine Ohren gewöhnt.
शायद अब तक उसे अपने कानों की आदत हो गई थी।

Aber zumindest verstanden sie seine Situation jetzt besser.
लेकिन कम से कम अब वे उसकी स्थिति को बेहतर ढंग से समझ गए थे।

Sie erkannten, dass mit ihm tatsächlich etwas nicht stimmte.
उन्हें एहसास हुआ कि सच में उसके साथ कुछ गड़बड़ है।

Und sie taten nun alles, was sie konnten, um ihm zu helfen.
और अब वे उसकी मदद करने के लिए हरसंभव कोशिश कर रहे थे।

Dies gab Gregor ein Gefühl des Selbstvertrauens, das ihm gefehlt hatte.
इससे ग्रेगर को आत्मविश्वास की वह भावना मिली जो उसमें नहीं थी।

Und er fühlte sich in der Familie wieder viel sicherer.
और उसे परिवार में फिर से ज़्यादा सुरक्षित महसूस होने लगा।

Er hatte das Gefühl, wieder in den menschlichen Kreis aufgenommen zu sein.
उसे लगा कि वह फिर से इंसानों के ग्रुप में शामिल हो गया है।

Nun musste er hoffen, dass der Schlüsseldienst die Tür öffnen konnte.
अब उसे उम्मीद करनी थी कि ताला बनाने वाला दरवाज़ा खोल देगा।

Und er hoffte, der Arzt könne solche Aufgaben ausführen.
और उन्हें उम्मीद थी कि डॉक्टर ऐसे काम कर सकेंगे।

Er würde bald wieder mehr reden müssen.
उसे जल्द ही फिर से ज़्यादा बातें करनी होंगी।

Seine Stimme musste so klar wie möglich sein.
उसकी आवाज़ जितनी हो सके साफ़ होनी चाहिए थी।

Zur Vorbereitung auf das Treffen räusperte er sich.
मीटिंग की तैयारी के लिए उसने अपना गला साफ़ किया।

Er bemühte sich jedoch, nur sehr leise zu husten.
हालाँकि, उन्होंने बहुत धीरे से खांसने की पूरी कोशिश की।

Das Geräusch klang möglicherweise anders als ein menschlicher Husten.
यह आवाज़ इंसान की खांसी से अलग लग सकती है।

Er wusste, dass er solche Dinge nicht mehr unterscheiden konnte.
वह जानता था कि अब वह ऐसी चीज़ों में फ़र्क नहीं कर सकता।

Im Nebenzimmer war es vollkommen still geworden.
अगले कमरे में पूरी तरह शांति हो गई थी।

Die Eltern saßen wahrscheinlich am Tisch.
माता-पिता शायद टेबल पर बैठे थे।

Möglicherweise flüsterten sie mit dem Manager.
वे शायद मैनेजर से कानाफूसी कर रहे होंगे।

Vielleicht lehnten alle an der Tür und lauschten.
शायद सब लोग दरवाज़े पर झुककर सुन रहे थे।

Gregor schob den Stuhl langsam in Richtung Tür.
ग्रेगर ने धीरे से कुर्सी को दरवाजे की ओर धकेला।

Er stemmte sich gegen die Tür und hielt sich aufrecht.
उसने दरवाज़े को धक्का दिया और खुद को सीधा खड़ा कर लिया।

Er stellte fest, dass sich an seinen Fußsohlen ein wenig Klebstoff befand.
उसे पता चला कि उसके पैरों के तलवों में थोड़ा सा गोंद लगा हुआ था।

Und er ruhte sich dort einen Moment lang von der Anstrengung aus.
और वह थकान से कुछ देर के लिए वहीं आराम करने लगा।

Nachdem er sich ausreichend ausgeruht hatte, begann er mit der nächsten Aufgabe.
काफ़ी आराम करने के बाद, वह अगला काम करने लगा।

Er begann, den Schlüssel mit dem Mund im Schloss zu drehen.
वह अपने मुंह से ताले में चाबी घुमाने लगा।

Leider schien er gar keine Zähne zu haben.
दुर्भाग्य से, ऐसा लग रहा था कि उसके पास असली दांत नहीं थे।

Aber welche andere Möglichkeit hätte er gehabt, an die Schlüssel zu gelangen?
लेकिन उसके पास चाबियाँ हथियाने का और क्या तरीका था?

Zum Glück für ihn waren seine Kiefer natürlich sehr kräftig.
खुशकिस्मती से उसके जबड़े बहुत मजबूत थे।

Mit Hilfe seiner Kiefermuskeln brachte er den Schlüssel tatsächlich in Bewegung.
अपने जबड़ों की मदद से उसने सच में चाबी को हिला दिया।

Er hatte keinen Zweifel daran, dass er sich damit auch selbst schadete.
उसे इस बात में कोई शक नहीं था कि वह खुद को भी नुकसान पहुंचा रहा है।

Weil eine braune Flüssigkeit aus seinem Mund kam.
क्योंकि उसके मुंह से भूरे रंग का लिक्विड निकल रहा था।

Die braune Flüssigkeit ergoss sich über den Schlüssel und die Tür hinunter.
भूरे रंग का लिक्विड चाबी के ऊपर से बहकर दरवाज़े से नीचे चला गया।

Aber Gregor kümmerte es nicht, dass er sich selbst schadete.
लेकिन ग्रेगर को इस बात की परवाह नहीं थी कि वह खुद को नुकसान पहुंचा रहा है।

„Können Sie das hören?", fragte der Manager im Nebenraum.
"क्या आप यह सुन सकते हैं?" अगले कमरे में मैनेजर ने कहा।

„Er dreht den Schlüssel um", hatte der Manager bemerkt.
मैनेजर ने देखा, "वह चाबी घुमा रहा है।"

Diese Worte waren eine große Ermutigung für Gregor.
ये शब्द ग्रेगर के लिए बहुत हिम्मत देने वाले थे।

Aber auch Vater und Mutter hätten rufen sollen:
लेकिन पिता और माता को भी चिल्लाना चाहिए था:

„Gut gemacht, Gregor!", hätten sie ihm zurufen sollen.
"अच्छा, ग्रेगर," उन्हें उससे चिल्लाकर कहना चाहिए था।

„Immer weiter, immer weiter am Schlüssel drehen, du schaffst das."
"चलते रहो, चाबी घुमाते रहो, तुम यह कर सकते हो।"

Stattdessen musste Gregor sich ihre Begeisterung vorstellen.
लेकिन इसके बजाय ग्रेगर को उनके उत्साह की कल्पना करनी पड़ी।

Er presste die Zähne zusammen mit aller Kraft, die er hatte.
उसने पूरी ताकत से अपने जबड़े भींच लिये।

Und er drehte den Schlüssel weiter im Schloss.
और वह ताले में चाबी घुमाता रहा।

Sein Körper wand sich schmerzhaft im Kreis.
दर्द से उसका शरीर गोल-गोल घूम रहा था।

Er konnte sich nur noch mit dem Mund aufrecht halten.
अब वह सिर्फ़ अपने मुंह के सहारे खुद को सीधा रख रहा था।

Um den Schlüssel weiterzudrehen, drückte er gegen die Tür.
चाबी घुमाते रहने के लिए उसने दरवाज़े पर ज़ोर लगाया।

Schließlich weckte das Knacken des Schlosses Gregor
wieder auf.
आखिरकार ताला टूटने की आवाज़ से ग्रेगर फिर से जाग गया।

„Ich brauchte also keinen Schlüsseldienst", seufzte er
erleichtert.
"तो मुझे ताला बनाने वाले की ज़रूरत नहीं पड़ी," उसने राहत की सांस ली।

Jetzt musste er nur noch die Tür öffnen, die er
aufgeschlossen hatte.
अब उसे बस वह दरवाज़ा खोलना था जिसे उसने खोला था।

Und mit dem Kopf auf dem Türgriff öffnete er die Tür.
और हैंडल पर सिर रखकर उसने दरवाज़ा खोल दिया।

Er befand sich hinter der Tür, die in sein Zimmer führte.
वह दरवाज़े के पीछे था, जो उसके कमरे में खुलता था।

Die Tür war also schon offen, bevor man ihn sehen konnte.
इसलिए उसे देखे जाने से पहले ही दरवाज़ा खुला हुआ था।

Als Nächstes musste er sich um die Tür herummanövrieren.
इसके बाद उसे दरवाज़े के चारों ओर खुद को घुमाना पड़ा।

Diese schwierige Bewegung erforderte auch viel Mühe.
इस मुश्किल मूवमेंट में भी बहुत मेहनत लगी।

Er wollte nicht ungeschickt in den nächsten Raum fallen.
वह अगले कमरे में अनाड़ीपन से गिरना नहीं चाहता था।

So hatte er keine Zeit, sich auf irgendetwas anderes zu konzentrieren.
इसलिए उसके पास किसी और चीज़ पर ध्यान देने का समय नहीं था।

Doch dann hörte er den Hauptsekretär laut „Oh!" ausrufen.
लेकिन तभी उसने चीफ क्लर्क को ज़ोर से "ओह!" कहते सुना।

Es klang, als würde der Wind durchs Haus rauschen.
ऐसा लग रहा था जैसे हवा घर में तेज़ी से चल रही हो।

Er war zufällig derjenige, der der Tür am nächsten stand.
वह दरवाज़े के सबसे पास खड़ा था।

Und als er ihn nun sah, presste er die Hand an den Mund.
और अब, उसे देखकर, उसने अपना हाथ अपने मुंह पर दबा लिया।

Langsam bewegte er sich rückwärts, weg von Gregor.
वह धीरे-धीरे पीछे की ओर खिसका, ग्रेगर से दूर।

Aber es war, als ob eine unsichtbare Kraft auf ihn einwirkte.
लेकिन ऐसा लग रहा था जैसे कोई अदृश्य शक्ति उस पर काम कर रही हो।

Das Erste, was die Mutter tat, war, den Vater anzusehen.
माँ ने सबसे पहले पिता की ओर देखा।

Trotz der Anwesenheit des Managers war ihr Haar zerzaust.
मैनेजर के होने के बावजूद उसके बाल बिखरे हुए थे।

Sie verschränkte die Arme und machte zwei Schritte nach vorn.
उसने अपनी बाहें फैलाई और दो कदम आगे बढ़ी।

Doch dann brach sie mitten in ihrem Rock zusammen.
लेकिन फिर वह अपनी स्कर्ट के बीच में गिर गई।

Ihr Kleid breitete sich um sie herum auf dem Boden aus.
उसकी ड्रेस फर्श पर उसके चारों ओर फैल गई।

Und ihr Kopf verschwand auf ihren eigenen Brüsten.
और उसका सिर उसके अपने स्तनों पर गायब हो गया।

Der Vater ballte mit feindseligem Gesichtsausdruck die Faust.
पिता ने गुस्से से अपनी मुट्ठी भींच ली।

Er schien Gregor zurück in sein Zimmer drängen zu wollen.
ऐसा लग रहा था कि वह ग्रेगर को वापस अपने कमरे में धकेलना चाहता था।

Dann blickte er unsicher im Wohnzimmer umher.
फिर उसने अनिश्चित रूप से लिविंग रूम में चारों ओर देखा।

Und schließlich bedeckte er seine Augen mit den Händen.
और आखिर में उसने अपनी आंखों को अपने हाथों से ढक लिया।

Und er weinte bitterlich, bis seine mächtige Brust erbebte.
और वह फूट-फूट कर रोया जब तक कि उसकी बड़ी छाती कांप नहीं उठी।

Gregor betrat ihr Zimmer tatsächlich gar nicht.
ग्रेगर असल में उनके कमरे में गया ही नहीं।

Stattdessen lehnte er sich an den Türrahmen.
इसके बजाय वह दरवाज़े के फ्रेम से टिक गया।

Von außen war nur die Hälfte seines Körpers sichtbar.
बाहर खड़े लोगों को उसका आधा शरीर ही दिखाई दे रहा था।

Und auf seinem Körper befand sich sein Kopf, zur Seite geneigt.
और उसके शरीर के ऊपर उसका सिर एक तरफ झुका हुआ था।

Das Licht war inzwischen viel heller geworden als zuvor.
अब तक रोशनी पहले से कहीं ज़्यादा तेज़ हो गई थी।

Man konnte nun deutlich die andere Straßenseite sehen.
अब सड़क का दूसरा किनारा साफ़-साफ़ देखा जा सकता था।

Ein Teil des endlosen, grauen Krankenhauses gab sich zu erkennen.
कभी न खत्म होने वाले, ग्रे रंग के अस्पताल का एक हिस्सा सामने आया।

Der Morgenregen hatte noch nicht ganz aufgehört.
सुबह की बारिश अभी पूरी तरह से बंद नहीं हुई थी।

Doch nun waren die Regentropfen größer und weiter voneinander entfernt.
लेकिन अब बारिश की बूंदें बड़ी और दूर-दूर थीं।

Das Frühstücksbuffet war in Hülle und Fülle vorhanden.
नाश्ते के व्यंजन मेज पर बहुत सारे थे।

Der Vater hielt das Frühstück für die wichtigste Mahlzeit.
पिता को नाश्ता सबसे ज़रूरी खाना लगता था।

Das Frühstück war eine Mahlzeit, die er stundenlang in die Länge zog.

नाश्ता ऐसा खाना था जिसे वह घंटों तक खींचता था।

Und in diesen Stunden las er die verschiedenen Zeitungen.
और इन घंटों में वह अलग-अलग अखबार पढ़ते थे।

Direkt gegenüber hing ein Foto von Gregor.
ठीक सामने वाली दीवार पर ग्रेगर की एक तस्वीर टंगी थी।

Das Foto an der Wand zeigte ihn als Leutnant.
दीवार पर लगी तस्वीर में उन्हें लेफ्टिनेंट के रूप में दिखाया गया था।

Es war ein Foto aus seiner Zeit beim Militär.
यह उस समय की तस्वीर थी जब वह मिलिट्री में थे।

Seine Hand ruhte auf seinem Schwert, und er hatte ein unbeschwertes Lächeln im Gesicht.
उसका हाथ तलवार पर था और उसकी मुस्कान बेफिक्र थी।

Seine Haltung und seine Uniform flößten einen gewissen Respekt ein.
उनके हाव-भाव और उनकी यूनिफॉर्म के लिए एक खास सम्मान की ज़रूरत थी।

Die andere Tür, die zum Vorzimmer führte, war ebenfalls offen.
एंटरूम की ओर जाने वाला दूसरा दरवाज़ा भी खुला था।

Und die Tür zur Wohnung war auch noch offen.
और अपार्टमेंट का दरवाज़ा भी अभी खुला था।

Man konnte bis zum Vorhof des Wohnhauses sehen.
अपार्टमेंट के फोरकोर्ट तक सब कुछ देखा जा सकता था।

Und dann führte die Treppe hinunter auf die Straße.
और फिर सीढ़ियाँ नीचे सड़क पर जाती थीं।

Gregor war der Einzige, der die Fassung bewahrt hatte.
ग्रेगर ही अकेला था जिसने अपना धैर्य बनाए रखा था।

Er hat das gesehen, daher lag die Verantwortung für das Gespräch bei ihm.
उन्होंने यह देखा, इसलिए बातचीत उनकी ज़िम्मेदारी थी।

"So, ich werde mich jetzt für die Arbeit anziehen", sagte er.
"ठीक है, अब मैं काम के लिए तैयार होने जा रहा हूँ," उसने कहा।

„Sobald ich die Textilmuster verpackt habe, werde ich
abreisen.“
"टेक्सटाइल सैंपल पैक करने के बाद मैं चला जाऊंगा।"

"Beabsichtigen Sie immer noch, mich zu entlassen, Herr
Prokurist?"
"क्या आप अभी भी मुझे नौकरी से निकालने का इरादा रखते हैं, मिस्टर
प्रोकुरिस्ट?"

„Wie Sie sehen, bin ich nicht so stur, wie Sie dachten.“
"जैसा कि आप देख सकते हैं, मैं उतना जिद्दी नहीं हूँ जितना आपने सोचा था।"

„Und Sie können sehen, dass ich doch gerne arbeite.“
"और आप देख सकते हैं कि मुझे काम करना पसंद है।"

„Ich kann zugeben, dass Reisen aus beruflichen Gründen
nicht einfach ist.“
"मैं यह मानता हूं कि काम के लिए ट्रैवल करना आसान नहीं है।"

„Aber ich kann auch akzeptieren, dass es Teil meines Jobs
ist.“
"लेकिन मैं यह भी मान सकता हूं कि यह मेरे काम का हिस्सा है।"

"Manager, wo gehen Sie hin? Zurück ins Büro?"
"मैनेजर, आप कहाँ जा रहे हैं? वापस ऑफिस?"

„Werden Sie alles, was Sie gesehen haben, wahrheitsgemäß
berichten?“
"क्या आप जो कुछ भी देखा है, उसे सच-सच बताएंगे?"

„Manchmal kommt es vor, dass man nicht zur Arbeit gehen
kann.“
"कभी-कभी ऐसा होता है कि कोई काम पर नहीं जा पाता।"

„Das ist der richtige Zeitpunkt, um sich an vergangene
Erfolge zu erinnern.“
"यह पिछली उपलब्धियों को याद करने का सही समय है।"

„Nachdem die Schwierigkeit beseitigt wurde, funktioniert
es sogar noch besser.“
"मुश्किल दूर करने के बाद, व्यक्ति और भी बेहतर काम करता है।"

„Mein Fleiß und meine Konzentration werden zunehmen.“
"मेरी मेहनत और एकाग्रता बढ़ने वाली है।"

"Sie wissen ganz genau, dass ich dem Chef etwas schulde."
"आप अच्छी तरह जानते हैं कि मैं बॉस का ऋणी हूँ।"

„Aber ich mache mir auch Sorgen um meine Eltern und meine Schwester."
"लेकिन, मुझे अपने माता-पिता और अपनी बहन की भी चिंता है।"

„Ich stecke in einer schwierigen Lage, aber ich werde einen Weg finden, da wieder herauszukommen."
"मैं मुश्किल में हूँ, लेकिन मैं इससे बाहर निकल जाऊँगा।"

„Macht es nicht noch schwieriger, als es ohnehin schon ist."
"इसे पहले से ज़्यादा मुश्किल मत बनाओ।"

„Als Kollegen müssen wir uns auch gegenseitig helfen."
"साथ काम करने वालों के तौर पर हमें भी एक-दूसरे की मदद करनी होगी।"

„Ich weiß, dass die Büroangestellten die Reisenden nicht mögen."
"मुझे पता है कि ऑफिस के कर्मचारियों को यात्री पसंद नहीं हैं।"

„Ihr glaubt, wir verdienen ein Vermögen und führen ein gutes Leben."
"आपको लगता है कि हम बहुत पैसा कमाते हैं और अच्छी ज़िंदगी जीते हैं।"

„Sie haben keinen wirklichen Grund, ihre Vorurteile zu hinterfragen."
"उनके पास अपने भेदभाव पर विचार करने का कोई असली कारण नहीं है।"

„Sie als befugter Beamter haben jedoch eine andere Rolle."
"लेकिन आप, ऑथराइज़्ड ऑफिसर, का रोल अलग है।"

„Sie haben einen besseren Überblick als die anderen Mitarbeiter."
"आपका ओवरव्यू दूसरे स्टाफ़ से बेहतर है।"

„Tatsächlich glaube ich, dass Sie den besten Überblick haben."
"असल में मुझे लगता है कि आपके पास सबसे अच्छा ओवरव्यू हो सकता है।"

„Sie haben einen besseren Überblick als der Chef selbst."
"आपके पास बॉस से भी बेहतर ओवरव्यू है।"

„Ich gebe zu, dass der Chef die unternehmerische Arbeit leistet."
"मैं मानता हूं कि बॉस एंटरप्रेन्योरियल काम करता है।"

„Aber es ist leicht, dass seine Urteile in die Irre geführt werden."
"लेकिन उनके फ़ैसलों को गुमराह करना आसान है।"

„Und diese kleinen Fehleinschätzungen können uns zum Nachteil gereichen."
"और ये छोटी-छोटी गलतफहमियां हमारे लिए नुकसानदायक हो सकती हैं।"

„Sie wissen ja, wie leicht es ist, über den Reisenden zu sprechen."
"आप जानते हैं कि यात्री के बारे में बात करना कितना आसान है।"

„Er ist nicht da, um seinen Ruf vor Gerüchten zu verteidigen."
"वह गॉसिप से अपनी रेप्युटेशन बचाने के लिए वहां नहीं है।"

„Diese Anschuldigungen können leicht nur Zufälle sein."
"ये आरोप आसानी से सिर्फ इत्तेफ़ाक हो सकते हैं।"

„Viele Beschwerden beruhen nicht einmal auf irgendeiner Wahrheit."
"कई शिकायतों में कोई सच्चाई भी नहीं होती।"

„Er ist fast das ganze Jahr über nicht im Büro."
"वह लगभग पूरे साल ऑफिस से बाहर रहते हैं।"

Welche Chance hat er, seinen Ruf zu verteidigen?
"अपनी इज़्ज़त बचाने का उसके पास क्या मौका है?"

„Er erfährt gar nichts von den Anschuldigungen."
"उसे आरोपों के बारे में सुनने को भी नहीं मिलता।"

„Er erfährt erst, was gesagt wurde, wenn es zu spät ist."
"उसे तब पता चलता है कि क्या कहा गया था जब बहुत देर हो चुकी होती है।"

„Zu diesem Zeitpunkt ist er von der Tagesreise völlig erschöpft."
"उस समय तक वह दिन भर की यात्रा से थक चुका होता है।"

„Er muss die schrecklichen Konsequenzen trotzdem am eigenen Leib erfahren."

"उसे वैसे भी भयानक नतीजे भुगतने होंगे।"

„Auch wenn er keine Möglichkeit hat, das Problem zu verstehen."
"भले ही उसके पास समस्या को समझने का कोई तरीका नहीं है।"

"Oh Manager, gehen Sie nicht, ohne mir ein Wort zu sagen."
"ओह मैनेजर, मुझसे एक शब्द कहे बिना मत जाना।"

„Sag mir wenigstens, dass du mir teilweise zustimmst."
"कम से कम मुझे यह तो बताओ कि तुम मुझसे कुछ हद तक सहमत हो।"

Der Manager hatte sich aber schon viel früher von Gregor abgewandt.
लेकिन मैनेजर ने ग्रेगर से बहुत पहले ही मुंह मोड़ लिया था।

Seine Schulter zuckte, als er Gregor anblickte.
जब उसने ग्रेगर की ओर देखा तो उसका कंधा हिल गया।

Und er blieb während der gesamten Rede kein einziges Mal stehen.
और भाषण के दौरान वह एक बार भी खड़े नहीं हुए।

Er hatte Gregor mit zusammengepressten Lippen angesehen.
वह होंठ सिकोड़कर ग्रेगर की ओर देख रहा था।

Er hatte sich allmählich in Richtung Tür zurückgezogen.
वह धीरे-धीरे दरवाज़े की ओर पीछे हट रहा था।

Aber auch er konnte den Blick nicht von Gregor abwenden.
लेकिन वह ग्रेगर से अपनी नज़रें नहीं हटा पा रहा था।

Er hatte das Gefühl, es gäbe ein geheimes Verbot, den Raum zu verlassen.
उसे ऐसा लगा जैसे कमरे से बाहर निकलने पर कोई सीक्रेट बैन लगा हो।

Zu diesem Zeitpunkt befand er sich aber bereits in der Eingangshalle.
लेकिन इस समय तक वह पहले ही एंट्रेंस हॉल में पहुंच चुका था।

Und nun machte er eine plötzliche Bewegung in Richtung Ausgang.
और अब वह अचानक बाहर निकलने की ओर बढ़ा।

Er streckte seine rechte Hand in Richtung der Treppe aus.
उसने अपना दाहिना हाथ सीढ़ियों की ओर बढ़ाया।

Vielleicht wartete eine übernatürliche Macht darauf, ihn zu retten.
शायद कोई अलौकिक शक्ति उसे बचाने के लिए इंतज़ार कर रही थी।

Gregor wusste, dass er ihn so nicht gehen lassen konnte.
ग्रेगर जानता था कि वह उसे इस तरह जाने नहीं दे सकता।

Der Manager darf nicht in der Stimmung zurückkehren, in der er sich befand.
मैनेजर को उस मूड में वापस नहीं आना चाहिए जिसमें वह था।

Gregors Arbeitsplatz war stark gefährdet.
ग्रेगर की नौकरी की सुरक्षा बहुत खतरे में थी।

Die Eltern konnten das alles nicht vollständig verstehen.
माता-पिता यह सब पूरी तरह समझ नहीं पाए।

Über die Jahre hatten sie sich an seine Arbeitsplatzsicherheit gewöhnt.
इतने सालों में उन्हें उसकी जॉब सिक्योरिटी की आदत हो गई थी।

Und sie waren davon überzeugt, dass er den Job auf Lebenszeit hatte.
और उन्हें यकीन हो गया था कि उसे ज़िंदगी भर के लिए यह नौकरी मिल गई है।

Stattdessen hatten sie sich mit anderen Sorgen beschäftigt.
इसके बजाय वे दूसरी चिंताओं में व्यस्त हो गए थे।

Doch diese Bedenken führten dazu, dass sie jegliche Weitsicht verloren.
लेकिन इन चिंताओं के कारण वे सारी दूरदर्शिता खो बैठे।

Gregor hatte jedoch die elterliche Weitsicht nicht verloren.
हालाँकि, ग्रेगर ने माता-पिता की दूरदर्शिता नहीं खोई थी।

Jemand musste den Bevollmächtigten stoppen.
किसी को तो ऑथराइज़्ड रिप्रेजेंटेटिव को रोकना ही था।

Er musste ihn beruhigen und überzeugen.
उसे उसे शांत करना था और समझाना था।

Davon hing die Zukunft von Gregor und seiner Familie ab!
ग्रेगर और उसके परिवार का भविष्य इस पर निर्भर था!

Wenn doch nur die kluge Schwester da gewesen wäre, um zu helfen.
काश, समझदार बहन यहाँ मदद के लिए होती।

Sie hatte schon geweint, als Gregor noch in seinem Zimmer war.
जब ग्रेगर अपने कमरे में था, तब वह रो चुकी थी।

Zu diesem Zeitpunkt lag er einfach nur ruhig auf dem Rücken.
उस समय वह बस चुपचाप पीठ के बल लेटा हुआ था।

Sie wusste damals schon um die Bedeutung der Situation.
वह उस समय स्थिति के महत्व को पहले से ही जानती थी।

Der Manager hatte bekanntermaßen eine Schwäche für Frauen.
मैनेजर को महिलाओं से बहुत लगाव था।

Sie hätte ihn leicht dazu überreden können, länger zu bleiben.
वह आसानी से उसे और ज़्यादा देर तक रुकने के लिए मना सकती थी।

Sie hätte die Tür geschlossen und ihn wieder hineingeführt.
वह दरवाज़ा बंद करके उसे वापस अंदर ले जाती।

Doch leider war die Schwester bereits aufgebrochen, um einen Arzt zu holen.
लेकिन दुर्भाग्य से बहन डॉक्टर के पास चली गई थी।

Deshalb blieb Gregor nichts anderes übrig, als es selbst zu tun.
इसलिए ग्रेगर के पास खुद ही यह काम करने के अलावा कोई चारा नहीं था।

Er hatte nicht bedacht, welche Fähigkeiten er tatsächlich besaß.
उसने यह नहीं सोचा था कि उसकी काबिलियत असल में क्या है।

Und er hatte vergessen, seiner Fähigkeit zu sprechen zu misstrauen.
और वह अपनी बोलने की क्षमता पर भरोसा करना भूल गया था।

Dennoch verließ er die Sicherheit seines Zimmers.
लेकिन फिर भी, उन्होंने अपने कमरे की सिक्योरिटी छोड़ दी।

Und er drängte sich durch die Öffnung des Zimmers.

और वह खुद को कमरे के खुले रास्ते से धकेलता हुआ अंदर आया।

Der Manager war bereits auf dem Weg die Treppe hinunter.
मैनेजर पहले ही सीढ़ियों से नीचे उतर रहा था।

Aber er hielt sich mit beiden Händen am Geländer fest.
लेकिन वह दोनों हाथों से रेलिंग को पकड़े हुए था।

Gregor stürzte, als er sich durch die Tür schob.
ग्रेगर दरवाज़े से धक्का देकर अंदर घुसते ही गिर गया।

Er stieß einen kleinen Schrei aus, als er nach Halt griff.
सहारा लेते हुए उसने हल्की सी चीख मारी।

Doch anstatt in Panik zu geraten, verspürte er ein körperliches Wohlbefinden.
लेकिन घबराने के बजाय, उन्हें शारीरिक रूप से अच्छा महसूस हुआ।

Zum ersten Mal an diesem Morgen fühlte sich etwas richtig an.
उस सुबह पहली बार कुछ सही लगा।

Alle seine Beine standen nun auf festem Boden.
अब उसके सभी पैरों के नीचे ठोस ज़मीन थी।

Er war überrascht, wie gut er seine Beine kontrollieren konnte.
वह हैरान था कि वह अपने पैरों को कितनी अच्छी तरह कंट्रोल कर सकता था।

Er freute sich, festzustellen, dass seine Beine ihm vollkommen gehorchten.
वह यह देखकर खुश हुआ कि उसके पैर पूरी तरह से उसकी बात मान रहे थे।

Tatsächlich trugen ihn seine Beine überall hin, wo er hinwollte.
असल में उसके पैर उसे जहाँ भी वह चाहता था, वहाँ ले जाते थे।

Bald würden all seine Sorgen ein Ende finden.
जल्द ही उसके सारे दुख खत्म होने वाले थे।

Doch im selben Augenblick sprang seine eigene Mutter auf.
लेकिन उसी समय उसकी माँ भी उछल पड़ी।

Ihre Arme waren ausgestreckt und ihre Finger gespreizt.
उसकी बाहें फैली हुई थीं और उंगलियां फैली हुई थीं।

Und sie schrie: „Hilfe, um Gottes willen, helft mir!"

और वह चिल्लाई, "बचाओ, भगवान के लिए कोई मदद करो!"

Sie neigte den Kopf; sie wollte Gregor besser sehen.
उसने अपना सिर झुकाया; वह ग्रेगर को बेहतर तरीके से देखना चाहती थी।

Doch im Gegensatz zu ihrer ersten Handlung rannte sie zurück.
लेकिन पहली हरकत से घबराकर वह वापस भाग गई।

Sie hatte vergessen, dass der Tisch hinter ihr gedeckt war.
वह भूल गई थी कि टेबल उसके पीछे रखी थी।

Alle Speisen fürs Frühstück standen noch auf dem Tisch.
नाश्ते की सारी चीजें अभी भी टेबल पर थीं।

Sie setzte sich hastig auf den Tisch, als sei sie abgelenkt.
वह जल्दी से टेबल पर बैठ गई, जैसे उसका ध्यान भटक गया हो।

Und sie schien den verschütteten Kaffee nicht zu bemerken.
और ऐसा लगा कि उसे कॉफी गिरने का पता ही नहीं चला।

Der Kaffee, der inzwischen in den Teppich eingezogen war.
कॉफी अब कालीन में भीग रही थी।

„Mutter, Mutter", sagte Gregor leise und blickte zu ihr auf.
"माँ, माँ," ग्रेगर ने धीरे से कहा, उसकी ओर देखते हुए।

Im Moment war ihm der Manager nicht wichtig.
फिलहाल मैनेजर उसके लिए महत्वपूर्ण नहीं था।

Aber da war auch noch der Kaffee, der auf den Teppich tropfte.
लेकिन वहाँ कॉफी भी कालीन पर टपक रही थी।

Gregor konnte nicht widerstehen und schnappte nach dem Kaffee.
ग्रेगर कॉफी को देखकर अपने जबड़े चटकाने रो खुद को रोक नहीं सका।

Die Mutter fing wegen seines Verhaltens wieder an zu weinen.
उसके व्यवहार के कारण माँ फिर से रोने लगी।

Sie sprang vom Tisch, um Abstand von ihm zu gewinnen.
वह उससे दूरी बनाने के लिए टेबल से कूद गई।

Und sie rannte in die Arme ihres Vaters, um Schutz zu suchen.

और वह सुरक्षा के लिए अपने पिता की बाहों में भाग गई।

Doch Gregor hatte jetzt keine Zeit mehr für seine Eltern.
लेकिन अब ग्रेगर के पास अपने माता-पिता के लिए समय नहीं था।

Der zuständige Beamte befand sich bereits auf der Treppe.
अधिकृत अधिकारी पहले से ही सीढ़ियों पर था।

Er hatte sein Kinn auf dem Geländer, um ins Haus zu schauen.
घर के अंदर देखने के लिए उसने अपनी ठुड्डी रेलिंग पर टिका दी।

Offenbar wollte er sich das Spektakel noch ein letztes Mal ansehen.
लगता है वह आखिरी बार इस नज़ारे को देखना चाहता था।

Und Gregor unternahm einen letzten Versuch, den Manager zu erreichen.
और ग्रेगर ने मैनेजर तक पहुंचने की आखिरी कोशिश की।

Er rannte so sicher wie möglich zur Tür.
वह जितना हो सका, सुरक्षित रूप से दरवाज़े की ओर भागा।

Aber der Hauptsekretär muss etwas geahnt haben.
लेकिन चीफ क्लर्क को ज़रूर कुछ शक हुआ होगा।

Denn er sprang mehrere Stufen hinunter und verschwand.
क्योंकि वह कई सीढ़ियां नीचे कूद गया और गायब हो गया।

"Huh!", rief Gregor, und sein Ruf hallte durch das Treppenhaus.
"हं!" ग्रेगर चिल्लाया, जो सीढ़ियों से गूंज उठा।

Die Flucht des Managers schien auch seinen Vater zu verwirren.
मैनेजर के भागने से उसके पिता भी कन्फ्यूज़ हो गए।

Bis dahin war es ihm gelungen, recht gefasst zu bleiben.
तब तक वह काफी शांत रहने में कामयाब रहा था।

Doch leider verlor auch er die Fassung, die er zuvor besessen hatte.
लेकिन दुर्भाग्य से उन्होंने भी अपना संयम खो दिया।

Er hätte Gregor bei seinem Vorhaben helfen sollen.
उसे ग्रेगर की मदद करनी चाहिए थी।

Doch er packte den Gehstock des Managers mit einer Hand.
लेकिन, उसने एक हाथ से मैनेजर की छड़ी पकड़ ली।

In seiner anderen Hand hielt er nun eine Zeitung.
और दूसरे हाथ में अब वह एक अखबार पकड़े हुए था।

Und nun behinderte er Gregor direkt bei seinem Vorhaben.
और अब उसने सीधे ग्रेगर के काम में रुकावट डाली।

Er hatte sich zwischen Gregor und die Straße gestellt.
उसने खुद को ग्रेगर और सड़क के बीच में खड़ा कर लिया था।

Er stampfte mit den Füßen auf und fuchtelte mit dem Stock und der Zeitung herum.
उसने पैर पटके, और छड़ी और अखबार लहराया।

Und er zwang Gregor aktiv zurück in sein Zimmer.
और वह ग्रेगर को ज़बरदस्ती अपने कमरे में वापस जाने के लिए मजबूर कर रहा था।

Keine der Bitten, die Gregor äußerte, half.
ग्रेगर ने जितनी भी रिक्वेस्ट कीं, उनमें से किसी से भी मदद नहीं मिली।

Weil keines seiner Anliegen verstanden wurde.
क्योंकि उनकी कोई भी रिक्वेस्ट समझी नहीं गई।

Er wandte den Kopf in eine tiefere, demütigere Haltung.
उसने अपना सिर एक गहरे, ज़्यादा विनम्र एंगल से घुमाया।

Doch sein Vater antwortete, indem er noch heftiger mit den Füßen aufstampfte.
लेकिन उसके पिता ने और भी ज़ोर से पैर पटककर जवाब दिया।

Die Mutter öffnete trotz des kühlen Wetters ein Fenster.
माँ ने ठंडे मौसम के बावजूद खिड़की खोल दी।

Und sie presste ihr Gesicht in die Hände vor Kälte.
और उसने ठंड में अपना चेहरा अपने हाथों में दबा लिया।

Der Wind konnte nun durch die gesamte Wohnung strömen.
अब हवा पूरे अपार्टमेंट में चल सकती थी।

Ein starker Luftzug wehte vom Treppenhaus in die Gasse.
सीढ़ियों से गली तक तेज़ हवा चल रही थी।

Die Vorhänge wurden vom starken Wind hin und her bewegt.

तेज़ हवा से पर्दें इधर-उधर उड़ रहे थे।

Und die Zeitung auf dem Tisch raschelte im Wind.
और मेज पर रखा अखबार हवा में सरसरा रहा था।

Sogar einige Blätter wurden von draußen ins Haus geweht.
यहां तक कि कुछ पत्ते बाहर से उड़कर घर में आ गए।

Der Vater stampfte mit den Füßen und schob unerbittlich.
पिता ने पैर पटके और लगातार धक्का दिया।

Und er zischte und gab Geräusche von sich, wie es ein Wilder tun würde.
और वह एक जंगली आदमी की तरह फुफकारने और शोर मचाने लगा।

Gregor hatte das Rückwärtsgehen aber noch nicht geübt.
लेकिन ग्रेगर ने अभी तक पीछे की ओर चलने का अभ्यास नहीं किया था।

Selbst Gregor würde zugeben, dass diese Bewegung wesentlich langsamer vonstatten ging.
ग्रेगर भी मानेंगे कि यह मूवमेंट बहुत धीमा था।

Doch alles, was er wollte, war die Gelegenheit, umzukehren.
लेकिन वह बस पीछे मुड़ने का मौका चाहता था।

Dann wäre er sofort in sein Zimmer gegangen.
फिर वह सीधे अपने कमरे में चला जाता।

Aber er hatte zu große Angst, seinen Vater ungeduldig zu machen.
लेकिन वह अपने पिता को बेसब्र करने से बहुत डरता था।

Und es bestand die Drohung mit einem Schlag mit dem Stock.
और डंडे से मारने का खतरा भी था।

Ein solcher Schlag auf den Hinterkopf könnte tödlich sein.
सिर के पिछले हिस्से पर ऐसा वार जानलेवा हो सकता है।

Am Ende blieb Gregor jedoch keine andere Wahl.
लेकिन आखिर में ग्रेगर के पास कोई और रास्ता नहीं बचा।

Ihm wurde klar, dass er nicht einmal mehr geradeaus rückwärts gehen konnte.
उसे एहसास हुआ कि वह सीधा पीछे की ओर भी नहीं चल सकता।

Er begann sich so schnell wie möglich umzudrehen.

वह जितनी जल्दी हो सका, घूमने लगा।

Doch in Wirklichkeit war diese Drehbewegung genauso langsam.
लेकिन असल में यह टर्निंग मूवमेंट उतनी ही धीमी थी।

Und ihm folgten die besorgten Blicke des Vaters.
और उसके पीछे-पीछे पिता की चिंता भरी निगाहें भी थीं।

Vielleicht bemerkte der Vater Gregors gute Absichten.
शायद पिता ने ग्रेगर के अच्छे इरादों को पहचान लिया था।

Weil er ihn nicht daran hinderte, sich umzudrehen.
क्योंकि उसने उसे घूमने से नहीं रोका।

Er benutzte sogar die Spitze seines Stocks, um die Drehung zu steuern.
उन्होंने रोटेशन को गाइड करने के लिए अपनी स्टिक की नोक का भी इस्तेमाल किया।

Gregor wünschte sich aber dennoch, sein Vater hätte ihn nicht angefaucht!
लेकिन ग्रेगर अब भी चाहता था कि पिता ने उस पर फुफकार न की होती!

Das Zischen trug nur noch zur Verwirrung des Augenblicks bei.
फुफकार ने उस पल की उलझन को और बढ़ा दिया।

Und dann unterlief ihm ein Fehler, und er bog in die falsche Richtung ab.
और फिर उसने गलती की और गलत दिशा में मुड़ गया।

Am Ende gelang es ihm schließlich doch, den richtigen Weg einzuschlagen.
आखिरकार वह सही रास्ते पर आ ही गया।

Und er war zufrieden mit den Fortschritten, die er gemacht hatte.
और वह अपनी प्रोग्रेस से खुश था।

Doch dann trat das nächste Problem noch deutlicher zutage.
लेकिन फिर अगली समस्या और भी स्पष्ट हो गई।

Sein Körper war zu breit, um problemlos durch die Tür zu passen.

उसका शरीर इतना चौड़ा था कि वह आसानी से दरवाज़े से अंदर नहीं जा सका।

In seinem jetzigen Zustand bemerkte der Vater dies nicht.
अपनी मौजूदा हालत में पिता ने इस बात पर ध्यान नहीं दिया।

Deshalb kam es ihm nicht in den Sinn, die Tür weiter zu öffnen.
इसलिए उसे दरवाज़ा और खोलने का ख्याल नहीं आया।

Dann wäre genügend Platz für Gregor gewesen.
तब ग्रेगर के लिए काफी जगह होती।

Seine einzige Priorität war es, Gregor in sein Zimmer zu bringen.
उसकी एकमात्र प्राथमिकता ग्रेगर को अपने कमरे में ले जाना था।

Er hätte aufstehen müssen, um durch die Tür zu passen.
दरवाज़े से अंदर जाने के लिए उसे खड़ा होना पड़ता।

Der Vater hätte ein solches Manöver jedoch nicht zugelassen.
लेकिन पिता ने ऐसी किसी चाल की इजाजत नहीं दी होती।

Tatsächlich fauchte er ihn noch heftiger an als zuvor.
असल में वह पहले से भी ज़्यादा गुस्से में उस पर फुफकार रहा था।

Es klang nach mehr als nur einem Mann, der ihn anzischt.
ऐसा लग रहा था जैसे सिर्फ़ एक आदमी ही उस पर फुफकार नहीं रहा था।

Seine Forderungen schienen nun an Dringlichkeit gewonnen zu haben.
उनकी मांगों के पीछे एक नई अर्जेंसी लग रही थी।

Für Spielereien war jetzt wirklich keine Zeit mehr.
अब सच में और समय नहीं था।

Was auch immer geschah, Gregor musste durch die Tür gelangen.
चाहे जो भी हो, ग्रेगर को दरवाज़े से अंदर जाना ही था।

Er kämpfte sich ohne jegliche Rücksicht auf sich selbst durch.
उन्होंने बिना किसी सेल्फ-रिगार्ड के खुद को आगे बढ़ाया।

Durch die Bewegung wurde eine Seite seines Körpers nach oben gedrückt.

इस हरकत से उसके शरीर का एक हिस्सा ऊपर की ओर उठ गया।

Und er lag unbeholfen und schief zwischen den Türrahmen.
और वह दरवाज़े के बीच अजीब और टेढ़ा-मेढ़ा पड़ा था।

Eine seiner Flanken war am Holz wundgescheuert.
उसका एक हिस्सा लकड़ी से रगड़ खाकर कच्चा हो गया था।

Und er hatte hässliche Flecken auf der weiß gestrichenen Tür hinterlassen.
और उसने सफ़ेद रंग के दरवाज़े पर बदसूरत दाग छोड़ दिए थे।

Auf einer Seite seines Körpers hingen die Beine zitternd in der Luft.
उसके एक तरफ के पैर हवा में कांपते हुए लटक रहे थे।

Seine anderen Beine drückten schmerzhaft gegen den Boden.
उसके दूसरे पैर दर्द से फर्श पर दबे हुए थे।

Bald würde er vollständig zwischen den Türen eingeklemmt sein.
जल्द ही वह पूरी तरह से दरवाजे के बीच फंसने वाला था।

Und dann hätte er sich überhaupt nicht mehr bewegen können.
और फिर वह बिल्कुल भी हिल नहीं पाता।

Doch der Vater gab ihm einen wahrhaft befreienden, starken Anstoß.
लेकिन पिता ने उसे सचमुच आज़ादी देने वाला ज़ोरदार धक्का दिया।

Und er stürzte, stark blutend, tief in sein Zimmer hinein.
और वह खून से लथपथ होकर अपने कमरे में दूर जाकर गिर पड़ा।

Der Vater knallte die Tür hinter sich mit seinem Stock zu.
पिता ने अपनी छड़ी से अपने पीछे दरवाज़ा ज़ोर से बंद कर दिया।

Und dann kehrte endlich wieder Ruhe ein.
और फिर आखिरकार फिर से कुछ शांति और सुकून आ गया।

Gregor wachte erst viel später am Tag auf.
ग्रेगर दिन में काफी देर तक नहीं जागा।

Die Dämmerung war hereingebrochen; er hatte tief und fest
geschlafen.
शाम हो चुकी थी; वह भारी और बेहोशी की हालत में सो गया था।

Er wäre auch ohne Störung aufgewacht.
वह बिना किसी परेशानी के भी जाग जाता।

Denn er fühlte sich ausreichend ausgeruht und gut
geschlafen.
क्योंकि उसे काफी आराम मिला और अच्छी नींद आई।

Aber er glaubte, draußen flüchtige Schritte zu hören.
लेकिन उसे लगा कि उसने बाहर से कुछ कदमों की आवाज़ सुनी है।

Und vielleicht hat jemand die Haustür sorgfältig
geschlossen.
और हो सकता है कि किसी ने ध्यान से सामने का दरवाज़ा बंद कर दिया हो।

Das Licht der elektrischen Straßenbahn lag blass an der
Decke.
इलेक्ट्रिक ट्राम की रोशनी छत पर हल्की पड़ रही थी।

Auch die Oberseite der Möbel wurde ein wenig beleuchtet.
फर्नीचर के ऊपर भी थोड़ी रोशनी पड़ी।

Doch unten am Boden, auf Gregors Höhe, war es dunkel.
लेकिन नीचे ज़मीन पर, ग्रेगर के लेवल पर, अंधेरा था।

Seine Beine schoben ihn langsam wieder in Richtung Tür.
उसके पैरों ने धीरे-धीरे उसे फिर से दरवाज़े की ओर धकेल दिया।

Er war sehr neugierig, zu sehen, was dort geschehen war.
वह यह देखने के लिए बहुत उत्सुक था कि वहां क्या हुआ था।

Seine Kontrolle über seine Fühler war jedoch noch nicht
entwickelt.
लेकिन अपनी भावनाओं पर उसका कंट्रोल अभी तक डेवलप नहीं हुआ था।

Obwohl er diese neuen Sensoren allmählich zu schätzen begann.
हालाँकि उन्हें ये नए सेंसर पसंद आने लगे।

Eine lange, unansehnliche Narbe schien seine linke Seite hinunterzulaufen.
उसके बाएं हिस्से पर एक लंबा, बुरा निशान जैसा लग रहा था।

Die Narbe fühlte sich an, als würde sie diese Seite seines Körpers einengen.
ऐसा लगा जैसे निशान ने उसके शरीर के उस तरफ़ को कस दिया हो।

Und so musste er buchstäblich auf seinen zwei Beinreihen humpeln.
और इसलिए उसे सचमुच अपने पैरों की दो लाइनों पर लंगड़ाना पड़ा।

Eines seiner Beine war an diesem Morgen schwer verletzt worden.
उस सुबह उनके एक पैर में गंभीर चोट लगी थी।

Es war wirklich ein Wunder, dass er sich nicht noch mehr Beine gebrochen hatte.
सच में यह चमत्कार ही था कि उसके और पैर नहीं टूटे।

Und so schleppte er sein verletztes Bein leblos hinter sich her.
और इसलिए वह अपने घायल पैर को बेजान सा घसीटता हुआ अपने पीछे ले गया।

Als er die Tür erreichte, erkannte er etwas Tiefgreifendes.
जब वह दरवाज़े पर पहुँचा तो उसे कुछ गहरी बात का एहसास हुआ।

Es war der Geruch von etwas, der ihn dorthin gelockt hatte.
किसी चीज़ की गंध ने उसे वहाँ खींच लिया था।

In Gregors Zimmer war etwas Essbares für ihn hinterlassen worden.
ग्रेगर के कमरे में उसके लिए कुछ खाने की चीज़ छोड़ी गई थी।

Stückchen Weißbrot schwimmen in einer Schüssel mit süßer Milch.
मीठे दूध के कटोरे में तैरते हुए सफेद ब्रेड के टुकड़े।

Er konnte seine innere Freude kaum verbergen.

वह अपने अंदर की खुशी को मुश्किल से रोक पा रहा था।

Er war jetzt noch hungriger als am Morgen.
उसे सुबह से भी ज़्यादा भूख लगी थी।

Er tauchte sofort seinen Kopf in die Schüssel mit Milch.
उसने तुरंत अपना सिर दूध के कटोरे में डाल दिया।

Die Milch quoll ihm fast über den ganzen Kopf, bis zu den Augen.
दूध उसके सिर से लेकर आंखों तक फैल गया।

Doch schon bald riss er den Kopf zurück, bitter enttäuscht.
लेकिन जल्द ही वह बहुत निराश होकर अपना सिर पीछे खींच लेता है।

Das Essen war aufgrund seiner empfindlichen linken Seite schwierig.
उनका बायां हिस्सा नाजुक होने के कारण खाना खाना मुश्किल था।

Und er konnte nur essen, indem er mit dem ganzen Körper keuchte.
और वह सिर्फ़ अपने पूरे शरीर से हांफते हुए ही खा सकता था।

Das war jedoch nicht der wahre Grund für seine Enttäuschung.
लेकिन यह उनकी निराशा का असली कारण नहीं था।

Milch war schon immer eines seiner Lieblingsgerichte gewesen.
दूध हमेशा से ही उनकी पसंदीदा डिशेज़ में से एक रहा है।

Er hatte keinen Zweifel daran, dass seine Schwester sich daran erinnerte.
उसे इस बात में कोई शक नहीं था कि उसकी बहन को यह बात याद होगी।

Und das war der Grund, warum sie ihm Milch gegeben hatte.
और यही कारण था कि उसने उसे दूध दिया था।

Er konnte nicht erklären, warum er Milch jetzt nicht mehr mochte.
वह यह नहीं बता पा रहा था कि अब उसे दूध क्यों पसंद नहीं है।

Und er wandte sich fast widerwillig von der Schüssel ab.
और वह लगभग अनिच्छा से कटोरे से दूर हो गया।

Enttäuscht kroch er zurück in die Mitte des Raumes.
निराश होकर वह रेंगते हुए कमरे के बीच में वापस चला गया।

Hier konnte er durch den Türspalt hindurchsehen.
यहां वह दरवाजे की दरार से देख पा रहा था।

Er konnte sehen, dass im Wohnzimmer das Feuer brannte.
वह देख सकता था कि लिविंग रूम में आग जल रही थी।

Gewöhnlich las der Vater um diese Zeit die Zeitung.
आमतौर पर इस समय पिता अखबार पढ़ते थे।

Er las seiner Mutter immer mit erhobener Stimme vor.
वह हमेशा ऊंची आवाज़ में मां को पढ़कर सुनाया करते थे।

Manchmal lauschte auch die Schwester dem Vater.
कभी-कभी बहन भी पिता की बातें सुनती थी।

Sie hatte Gregor immer von diesem Vorlesen erzählt.
वह हमेशा ग्रेगर को इस ज़ोर से पढ़ने के बारे में बताती थी।

Doch heute war aus dem Zimmer kein Laut zu hören.
लेकिन आज कमरे से कोई आवाज़ नहीं आ रही थी।

Vielleicht war diese Gewohnheit bereits in Vergessenheit geraten.
शायद यह आदत पहले ही खत्म हो चुकी थी।

Eine tiefe Stille hatte sich über die gesamte Wohnung gelegt.
पूरे अपार्टमेंट में गहरी शांति छा गई थी।

Obwohl er wusste, dass die Wohnung ganz sicher nicht leer war.
हालांकि वह जानता था कि अपार्टमेंट निश्चित रूप से खाली नहीं था।

„Was für ein ruhiges Leben die Familie doch führte", dachte Gregor.
ग्रेगर ने सोचा, "परिवार कितनी शांत ज़िंदगी जी रहा है।"

Und er blickte mit großem Stolz in die Dunkelheit.
और वह बड़े गर्व से अंधेरे में देखता रहा।

Er war stolz auf das Leben, das er ihnen hatte ermöglichen können.
उन्हें इस बात पर गर्व था कि वह उन्हें जीवन दे पाए।

Er war stolz auf die schöne Wohnung, in der sie lebten.

उन्हें उस खूबसूरत अपार्टमेंट पर गर्व था जिसमें वे रहते थे।

Doch sollte dieser Frieden nun ein schreckliches Ende nehmen?
लेकिन क्या यह सारी शांति एक भयानक अंत की ओर बढ़ने वाली थी?

Würde man ihnen ihren Wohlstand nehmen?
क्या उनकी खुशहाली उनसे छीन ली जाएगी?

War ihre Zufriedenheit nun in Zukunft ungewiss?
क्या अब उनका संतोष भविष्य में अनिश्चित था?

Doch er wollte sich nicht in solchen Gedanken verlieren.
लेकिन वह ऐसे विचारों में खुद को खोना नहीं चाहता था।

Um sich die Zeit zu vertreiben, kroch er die Wände rauf und runter.
खुद को बिज़ी रखने के लिए वह दीवारों पर ऊपर-नीचे रेंगता रहा।

Im Laufe des langen Abends wurde eine Tür einen Spalt breit geöffnet.
लंबी शाम के दौरान एक दरवाज़ा थोड़ा सा खुला हुआ था।

Und zu einem anderen Zeitpunkt öffnete sich die andere Tür einen Spaltbreit.
और एक और समय दूसरा दरवाज़ा थोड़ा सा खुल गया।

Doch beide Male wurden die Türen schnell wieder geschlossen.
लेकिन दोनों बार दरवाज़े जल्दी से फिर से बंद हो गए।

Offenbar hatte jemand draußen den Wunsch, hereinzukommen.
साफ़ है कि बाहर से कोई अंदर आना चाहता था।

Aber sie hatten auch zu viele Bedenken, hereinzukommen.
लेकिन उन्हें अंदर आने को लेकर बहुत सारी चिंताएं भी थीं।

Gregor blieb nun direkt vor der Wohnzimmertür stehen.
ग्रेगर अब सीधे लिविंग रूम के दरवाज़े पर रुक गया।

Er war fest entschlossen, den zögernden Besucher irgendwie zu verführen.
उसने ठान लिया था कि किसी तरह उस हिचकिचाते हुए विज़िटर को लुभाएगा।

Und er wollte auch wissen, wer der Besucher gewesen war.

और वह यह भी जानना चाहता था कि विज़िटर कौन था।

Doch an diesem Abend wurde die Tür kein drittes Mal geöffnet.
लेकिन उस शाम तीसरी बार दरवाज़ा नहीं खोला गया।

Und Gregor verbrachte seine Zeit vergeblich damit, an der Tür zu warten.
और ग्रेगर ने अपना समय बेकार में दरवाज़े पर इंतज़ार करते हुए बिताया।

Früher am Tag wollten sie alle in den Raum kommen.
उस दिन पहले वे सभी कमरे में आना चाहते थे।

Jetzt, da die Türen unverschlossen waren, würde es ihnen leichter fallen.
अब दरवाज़े खुल गए हैं तो उनके लिए यह आसान हो जाएगा।

Aber sie entschieden sich dafür, auf der anderen Seite des Raumes zu bleiben.
लेकिन उन्होंने कमरे के दूसरी तरफ रहना चुना।

Gregor bemerkte, dass die Schlüssel nicht mehr in ihren Schlössern steckten.
ग्रेगर ने देखा कि चाबियाँ अब तालों में नहीं थीं।

Jemand muss die Schlüssel zum Außenschloss umgesteckt haben.
किसी ने ज़रूर बाहर वाले ताले की चाबियां हटा दी होंगी।

Erst spät in der Nacht wurde das Licht im Wohnzimmer ausgeschaltet.
देर रात को ही लिविंग रूम की लाइट बंद की गई।

Die Familie muss die ganze Zeit wach geblieben sein.
पूरा परिवार पूरे समय जागता रहा होगा।

Und Gregor konnte deutlich hören, wie sie sich auf Zehenspitzen davonschlichen.
और ग्रेगर उन्हें चुपके से जाते हुए साफ़-साफ़ सुन सकता था।

Nun würde bis zum Morgen niemand zu Gregor kommen.
अब सुबह तक ग्रेगर के पास कोई नहीं आने वाला था।

So hatte er lange Zeit für sich, um ungestört nachzudenken.

इसलिए उसके पास खुद के लिए काफी समय था, बिना किसी परेशानी के सोचने के लिए।

Wie könnte man sein Leben jetzt am besten neu ordnen?
अब उसकी ज़िंदगी को फिर से ठीक करने का सबसे अच्छा तरीका क्या होगा?

Doch die hohen Wände des leeren Zimmers ängstigten ihn.
लेकिन खाली कमरे की ऊंची दीवारों ने उसे डरा दिया।

Ihm blieb keine andere Wahl, als sich flach auf den Boden zu legen.
उसके पास ज़मीन पर लेटने के अलावा कोई चारा नहीं था।

Und er fand in diesem Raum niemals die Ursache seiner Angst.
और उसे उस जगह में अपने डर का कारण कभी नहीं मिला।

Es war dasselbe Zimmer, in dem er seit fünf Jahren lebte.
यह वही कमरा था जिसमें वह पांच साल तक रहा था।

Halb bewusst machte er eine Bewegung in Richtung Sofa.
आधे होश में वह सोफे की ओर बढ़ा।

Und ohne jede Scham versteckte er sich unter dem Sofa.
और बिना किसी शर्म के वह सोफे के नीचे छिप गया।

Dort unten fühlte er sich sofort wieder sehr wohl.
वहाँ नीचे उसे तुरंत फिर से बहुत आराम महसूस हुआ।

Obwohl sein Rücken etwas gequetscht war.
इस बात के बावजूद कि उसकी पीठ थोड़ी दबी हुई थी।

Auch unter dem Sofa konnte er seinen Kopf nicht mehr heben.
वह अब सोफे के नीचे अपना सिर भी नहीं उठा पा रहा था।

Aber selbst das zog er einem Aufenthalt im Freien vor.
लेकिन इसके बावजूद भी वह किसी खुली जगह पर रहना पसंद करते थे।

Er bedauerte jedoch, dass sein Körper so breit war.
हालाँकि, उन्हें इस बात का अफ़सोस था कि उनका शरीर इतना चौड़ा था।

Das Sofa konnte seinen ganzen Körper nicht vollständig bedecken.
सोफा उसके पूरे शरीर को पूरी तरह से ढक नहीं पाया।

Er blieb die ganze Nacht unter dem Sofa.

वह पूरी रात सोफे के नीचे ही रहा।

Die Nacht verbrachte er halb schlafend, geplagt von seinem Hunger.
वह रात भूख से परेशान होकर आधी नींद में बिताई।

Und die Zeit, die er wach war, verbrachte er entweder in Sorgen oder in Hoffnung.
और जागते हुए समय वह या तो चिंता में या उम्मीद में बिताता था।

Doch all seine vagen Hoffnungen führten zu demselben Schluss.
लेकिन उसकी सारी धुंधली उम्मीदें एक ही नतीजे पर पहुंचीं।

Ihm blieb nichts anderes übrig, als vorerst zu schweigen.
उसके पास उस समय चुप रहने के अलावा कोई चारा नहीं था।

Er musste der Familie gegenüber Geduld und Rücksichtnahme zeigen.
उन्हें परिवार के प्रति धैर्य और ध्यान रखना था।

Es war die einzige Möglichkeit, die Unannehmlichkeiten erträglich zu machen.
असुविधा को सहने लायक बनाने का यही एकमात्र तरीका था।

Die Unannehmlichkeiten, die er nun der Familie auferlegte.
वह अब परिवार पर परेशानी डाल रहा था।

Er musste nicht lange warten, um sein Mitgefühl unter Beweis zu stellen.
उसे अपनी दया साबित करने के लिए ज़्यादा इंतज़ार नहीं करना पड़ा।

Früh am Morgen schaute die Schwester in sein Zimmer.
सुबह-सुबह बहन ने उसके कमरे में झाँका।

Obwohl es eigentlich genauso viel Nacht wie Morgen war,
हालाँकि असल में यह उतनी ही रात थी जितनी सुबह।

Sie war vollständig angezogen und schien aufgeregt zu sein.
वह पूरी तरह से तैयार थी और उत्साह दिखा रही थी।

Die Tragfähigkeit seiner neu getroffenen Entscheidung könnte sich bewähren.
उनके नए फैसले की मज़बूती का टेस्ट किया जा सकता है।

Sie entdeckte ihn nicht sofort auf Anhieb.

पहली नज़र में उसे वह तुरंत नहीं मिला।

Er musste irgendwo sein; weggeflogen konnte er nicht sein.
उसे कहीं तो होना ही था; वह उड़कर दूर नहीं जा सकता था।

Doch dann schweifte ihr Blick ein zweites Mal durch den Raum.
लेकिन तभी उसकी नज़रें कमरे पर फिर से घूमीं।

Und dieses Mal entdeckte sie seinen Oberkörper unter dem Sofa.
और इस बार उसने सोफे के नीचे उसका धड़ देखा।

Sie war so verängstigt, dass sie jegliche Selbstbeherrschung verlor.
वह इतनी डर गई कि उसने अपना सारा सेल्फ-कंट्रोल खो दिया।

Und ihre erste Reaktion war, die Tür wieder zuzuschlagen.
और उसका पहला रिएक्शन था कि उसने दरवाज़ा फिर से ज़ोर से बंद कर दिया।

Doch sie schien ihr Verhalten auch sofort zu bereuen.
लेकिन उसे तुरंत अपने बर्ताव पर पछतावा भी हुआ।

Kaum hatte sie die Tür zugeschlagen, öffnete sie sie auch schon wieder.
जैसे ही उसने दरवाज़ा ज़ोर से बंद किया, उसने उसे फिर से खोल दिया।

Und diesmal schlich sie sich leise auf Zehenspitzen in den Raum.
और इस बार वह धीरे-धीरे दबे पाँव कमरे में चली गई।

Sie bewegte sich, als ob sie eine schwerkranke Person besuchen würde.
वह ऐसे चल रही थी जैसे किसी गंभीर रूप से बीमार व्यक्ति से मिलने आई हो।

Oder sie könnte einen völlig Fremden besucht haben.
या हो सकता है कि वह किसी अजनबी से मिलने गई हो।

Gregor drückte seinen Kopf fast bis an den Rand des Sofas.
ग्रेगर ने अपना सिर लगभग सोफे के किनारे तक धकेल दिया।

Und von unterhalb des Tresors beobachtete er sie im Zimmer.
और सेफ के नीचे से वह उसे कमरे में देखता रहा।

Würde sie bemerken, dass er die Milch stehen gelassen
hatte?
क्या उसे पता चलेगा कि उसने दूध छोड़ दिया है?

Er hatte die Milch nicht etwa aus Mangel an Hunger stehen
gelassen.
उसने भूख की कमी के कारण दूध नहीं छोड़ा था।

Wollte sie ihm stattdessen anderes Essen bringen?
क्या वह उसके लिए अलग खाना लाने वाली थी?

Vielleicht ein Gericht, das seinen Vorlieben besser
entsprach.
शायद कोई ऐसी डिश जो उनकी पसंद के हिसाब से ज़्यादा सही हो।

Aber sie hätte seinen Appetit selbst bemerken müssen.
लेकिन उसे खुद उसकी भूख पर ध्यान देना होगा।

Er wäre lieber verhungert, als sie davon erfahren zu lassen.
वह उसे यह बताने के बजाय भूखा रहना पसंद करता।

Eigentlich hätte er es ihr sehr gerne gesagt.
असल में वह उसे बताना बहुत चाहता था।

Er war wirklich versucht, unter dem Sofa hervorzuschießen.
उसका सच में सोफे के नीचे से बाहर निकलने का मन कर रहा था।

Er wollte sich seiner Schwester zu Füßen werfen.
वह अपनी बहन के पैरों पर गिरना चाहता था।

Und er wollte sie um etwas Leckeres zu essen bitten.
और वह उससे खाने के लिए कुछ अच्छा मांगना चाहता था।

Doch dann blickte die Schwester zu der Schüssel mit Milch.
लेकिन तभी बहन ने दूध के कटोरे की ओर देखा।

Sie bemerkte sofort, dass die Schüssel noch voll war.
उसने तुरंत देखा कि कटोरा अभी भी भरा हुआ था।

Sie war ziemlich überrascht, dass Gregor nichts gegessen
hatte.
वह काफी हैरान थी कि ग्रेगर ने कुछ भी नहीं खाया था।

Nur ein wenig Milch war auf den Boden verschüttet worden.
फर्श पर थोड़ा सा दूध ही गिरा था।

Sie nahm sofort die Schüssel und trug sie hinaus.

उसने तुरंत कटोरा उठाया और बाहर ले गई।

Er sah, dass sie die Schüssel nicht mit bloßen Händen aufgehoben hatte.
उसने देखा कि उसने अपने नंगे हाथों से कटोरा नहीं उठाया।

Stattdessen hob sie die Schüssel mit einem der Lappen hoch.
इसके बजाय उसने एक कपड़े का इस्तेमाल करके कटोरा उठा लिया।

Gregor vergaß dieses kleine Detail jedoch sehr schnell.
लेकिन ग्रेगर बहुत जल्दी इस छोटी सी बात को भूल गया।

Er war nun von etwas ganz anderem viel begeisterter.
अब वह किसी और चीज़ को लेकर ज़्यादा उत्साहित था।

Was könnte sie als Ersatz für die Milch mitbringen?
दूध के बदले वह क्या ला सकती है?

Er hatte verschiedene Vermutungen darüber, was sie wohl mitbringen könnte.
उसके मन में कई तरह के विचार थे कि वह क्या ला सकती है।

Doch die Güte seiner Schwester übertraf seine Erwartungen.
लेकिन उसकी बहन की दयालुता उसकी उम्मीदों से बढ़कर थी।

Ihr wurde klar, dass sie herausfinden musste, was seine neuen Vorlieben waren.
उसे एहसास हुआ कि उसे यह टेस्ट करना होगा कि उसके नए टेस्ट क्या हैं।

Deshalb brachte sie eine ganze Auswahl an verschiedenen Speisen mit.
तो वह अलग-अलग तरह का खाना लेकर आई।

Halbverfaultes Gemüse, Knochen vom Abendessen.
आधी सड़ी हुई सब्ज़ियाँ, शाम के खाने की हड्डियाँ।

Die eingedickte Soße von der anderen Mahlzeit, die sie gegessen hatten.
दूसरे खाने से बनी सॉस जम गई थी जो उन्होंने खाई थी।

Ein paar Rosinen, einige Mandeln, trockenes Brot, Butterbrot.
कुछ किशमिश, कुछ बादाम, सूखी रोटी, बटर ब्रेड।

Etwas Brot, das mit Butter bestrichen und gesalzen war.
कुछ ब्रेड जिस पर मक्खन और नमक भी लगा था।

Käse, den Gregor vor zwei Tagen noch für ungenießbar
erklärt hatte.
पनीर जिसे ग्रेगर ने दो दिन पहले खाने लायक नहीं बताया था।

Die gesamte Auswahl an Speisen wurde auf einer Zeitung
ausgelegt.
खाने की यह सारी चीज़ें एक अखबार पर रखी गई थीं।

Und sie stellte auch eine Schüssel mit Wasser neben seine
Mahlzeiten.
और उसने उसके खाने के पास पानी का एक कटोरा भी रख दिया।

Sie wusste, dass Gregor nicht vor ihr gegessen hätte.
वह जानती थी कि ग्रेगर उसके सामने खाना नहीं खाएगा।

Aus Respekt vor ihm verließ sie deshalb wieder den Raum.
इसलिए उसके सम्मान में वह फिर से कमरे से बाहर चली गई।

Und sie hat beim Weggehen sogar den Schlüssel im Schloss
umgedreht.
और जाते समय उसने ताले में चाबी भी घुमा दी।

Aber sie drehte den Schlüssel ganz leise und vorsichtig um.
लेकिन उसने चाबी बहुत धीरे और सावधानी से घुमाई।

Auf diese Weise würde nur Gregor wissen, dass die Tür
verschlossen war.
इस तरह सिर्फ़ ग्रेगर को ही पता चलेगा कि दरवाज़ा बंद है।

Nun konnte er es sich so bequem machen, wie er wollte.
अब वह खुद को जितना चाहे उतना आरामदायक बना सकता था।

Gregors Beine surrten, als es Zeit zum Essen war.
जब खाने का समय हुआ तो ग्रेगर के पैर फड़फड़ा रहे थे।

Bemerkenswert ist, dass er keinerlei Beschwerden mehr
verspürte.
ध्यान देने वाली बात यह है कि अब उन्हें कोई परेशानी महसूस नहीं हो रही थी।

Seine Wunden müssen bereits vollständig verheilt sein.
उसके घाव तो पहले ही पूरी तरह भर गए होंगे।

Weil er seine früheren Behinderungen nicht mehr spürte.
क्योंकि अब उसे अपनी पिछली कमज़ोरियाँ महसूस नहीं होती थीं।

Seine neue Fähigkeit zu heilen überraschte und verblüffte ihn.
ठीक करने की उसकी नई काबिलियत ने उसे हैरान और अचंभित कर दिया।

Vor mehr als einem Monat schnitt er sich mit einem Messer in den Finger.
एक महीने से भी ज़्यादा समय पहले उसने चाकू से अपनी उंगली काट ली थी।

Bis vor zwei Tagen schmerzte ihn diese Wunde noch.
दो दिन पहले तक वह घाव उसे दर्द दे रहा था।

„Bin ich jetzt viel weniger empfindlich?", dachte er bei sich.
"क्या अब मैं पहले से कम सेंसिटिव हो गया हूँ?" उसने मन ही मन सोचा।

Inzwischen lutschte er gierig an dem Käse.
अब तक वह लालच से पनीर चूस रहा था।

Er fühlte sich vom Käse mehr angezogen als von den anderen Speisen.
वह दूसरे खाने की चीज़ों के मुकाबले पनीर की तरफ ज़्यादा आकर्षित था।

Er aß schnell ein Stück Käse nach dem anderen.
उसने जल्दी-जल्दी एक के बाद एक पनीर का टुकड़ा खाया।

Beim Genuss des Geschmacks traten ihm vor Zufriedenheit die Tränen in die Augen.
इसका स्वाद पाकर उसकी आँखों में संतोष के साथ आँसू आ गए।

Nach dem Käse aß er das Gemüse und die Soße.
पनीर के बाद उसने सब्जियां और सॉस खाया।

Das frische Essen schmeckte ihm jedoch nicht.
हालाँकि, ताज़ा खाना उसे अच्छा नहीं लगा।

Tatsächlich konnte er nicht einmal den Geruch von frischen Lebensmitteln ertragen.
असल में वह ताज़े खाने की खुशबू भी बर्दाश्त नहीं कर पाता था।

Er hat sogar die anderen Lebensmittel von den frischen Lebensmitteln weggezerrt.
उसने दूसरे खाने को भी ताज़े खाने से दूर खींच लिया।

Und im Nu hatte er auch noch das Essbare aufgegessen.
और बहुत जल्दी उसने सबसे ज़्यादा खाने लायक खाना खत्म कर दिया।

Das ganze leckere Essen hatte eine schläfrig machende Wirkung auf ihn.
सारे स्वादिष्ट खाने का उस पर नींद लाने वाला असर हुआ।

Und er lag träge an der Stelle, wo er gegessen hatte.
और वह उसी जगह पर आलस से लेट गया जहाँ उसने खाना खाया था।

Schließlich kam seine Schwester zurück, um noch einmal nach ihm zu sehen.
आखिरकार उसकी बहन फिर से उसे देखने के लिए वापस आई।

Sie hatte die Weitsicht, den Schlüssel ganz langsam umzudrehen.
उसने चाबी को बहुत धीरे-धीरे घुमाने की दूरदर्शिता दिखाई।

Dies war für Gregor ein Warnsignal, sich zurückzuziehen.
इससे ग्रेगर को चेतावनी मिली कि उसे पीछे हट जाना चाहिए।

Benommen und erschrocken huschte er zurück unter das Sofa.
हैरान और चौंककर वह जल्दी से सोफे के नीचे चला गया।

Doch diesmal war es nicht so einfach, unter dem Sofa zu bleiben.
लेकिन इस बार सोफे के नीचे रहना इतना आसान नहीं था।

Sein Körper war durch das viele Essen etwas runder geworden.
सारा खाना खाने से उसका शरीर थोड़ा गोल हो गया था।

Und er musste sich beherrschen, nicht wieder auszulaufen.
और उसे खुद पर काबू रखना पड़ा ताकि वह फिर से बाहर न भागे।

Auch wenn die Schwester nicht lange im Zimmer blieb.
हालांकि बहन कमरे में ज़्यादा देर तक नहीं रुकी।

In dem engen Raum rang er nach Luft.
उस तंग जगह में उसे सांस लेने में दिक्कत हो रही थी।

Doch er überwand die kurzen Anfälle von Atemnot.
लेकिन वह घुटन के छोटे-मोटे दौरों से गुज़रता रहा।

Mit aufgerissenen Augen beobachtete er die Aktivitäten der Schwester.
वह उभरी हुई आँखों से बहन की गतिविधियों को देखता रहा।

Die ahnungslose Schwester schüttete alles in einen Eimer.
अनजान बहन ने सब कुछ एक बाल्टी में डाल दिया।

Sie entsorgte nicht nur das Essen, das Gregor nicht gegessen hatte.
उसने न केवल वह खाना फेंक दिया जो ग्रेगर ने नहीं खाया था।

Aber sie entsorgte auch das Essen, das er nicht angerührt hatte.
लेकिन उसने वह खाना भी फेंक दिया जिसे उसने छुआ नहीं था।

Offenbar war dieses Essen nun für niemanden mehr genießbar.
जाहिर है कि अब वह खाना किसी के खाने लायक नहीं रहा।

Anschließend verschloss sie den Futtereimer mit einem Holzdeckel.
फिर उसने खाने की बाल्टी को लकड़ी के ढक्कन से बंद कर दिया।

Und mit dem Essen, dem Eimer und dem Wischmopp ging sie.
और खाना, बाल्टी और पोछा लेकर वह चली गई।

Gregor hätte nicht mehr lange warten können.
ग्रेगर अब और अधिक इंतजार नहीं कर सकता था।

Sobald sie weg war, entkam er unter dem Sofa hervor.
जैसे ही वह चली गई, वह सोफे के नीचे से भाग गया।

Und er streckte sich aus und atmete erleichtert auf.
और उसने खुद को फैलाया और राहत की सांस ली।

So erhielt Gregor von nun an regelmäßig seine Nahrung.
ग्रेगर को अब से हर बार इसी तरह खाना मिलता था।

Seine Schwester gab ihm einmal früh am Morgen etwas zu essen.
उसकी बहन ने उसे सुबह-सुबह एक बार खाना दिया।

Zu dieser Stunde schliefen die Eltern und das Dienstmädchen noch.
इस समय माता-पिता और नौकरानी अभी भी सो रहे थे।

Und er erhielt eine zweite Mahlzeit, nachdem alle anderen bereits zu Mittag gegessen hatten.

और सबके लंच के बाद उसे दूसरा खाना मिला।

Denn zu dieser Zeit schliefen die Eltern auch eine Weile.
क्योंकि उस समय माता-पिता भी थोड़ी देर के लिए सो गए थे।

Und das Dienstmädchen wurde von der Schwester mit einer Besorgung weggeschickt.
और नौकरानी को बहन ने किसी काम से भेज दिया।

Sie hatten ganz sicher nicht die Absicht, Gregor verhungern zu lassen.
उनका ग्रेगर को भूखा मारने का कोई इरादा नहीं था।

Aber sie hätten ihm auch nicht beim Essen zusehen wollen.
लेकिन वे उसे खाते हुए भी नहीं देखना चाहते थे।

Die Angaben der Schwester reichten als Information aus.
बहन ने जो बताया वह काफी जानकारी थी।

Vielleicht war es ihre Art, den Eltern den Kummer zu ersparen.
शायद यह माता-पिता को दुख से बचाने का उसका तरीका था।

Sie hatten unter seinen Taten schon genug gelitten.
वे पहले ही उसके कामों से काफी परेशान हो चुके थे।

Der erste Tag verblasste langsam zu einer fernen Erinnerung.
पहला दिन धीरे-धीरे एक पुरानी याद बनता जा रहा था।

Gregor hatte keine Möglichkeit zu erfahren, was an diesem Tag geschah.
ग्रेगर को यह जानने का कोई तरीका नहीं था कि उस दिन क्या हुआ था।

Wie wurde der Schlüsseldienstmitarbeiter aus der Wohnung geleitet?
ताला बनाने वाले को अपार्टमेंट से बाहर कैसे निकाला गया?

Mit welchen Ausreden war der Arzt schließlich zufrieden?
डॉक्टर आखिर किन बहानों से संतुष्ट हुए?

Er hatte keinen Weg gefunden, sich verständlich zu machen.
उसे खुद को समझाने का कोई तरीका नहीं मिला था।

Es gelang ihm nicht einmal, mit seiner Schwester zu kommunizieren.
वह अपनी बहन से भी बातचीत नहीं कर पाया।

Und so dachten sie, er könne sie nicht verstehen.
और इसलिए उन्हें लगा कि वह उन्हें समझ नहीं सकता।

Und deshalb wurde auch kein Versuch unternommen, mit ihm zu sprechen.
और इसलिए उससे बात करने की कोई कोशिश नहीं की गई।

Seine Schwester kam jeden Morgen und jeden Mittag in sein Zimmer.
उसकी बहन हर सुबह और लंच के समय उसके कमरे में आती थी।

Doch er musste sich damit begnügen, ihre Seufzer zu hören.
लेकिन उसे उसकी आहें सुनकर ही संतुष्ट होना पड़ा।

Später gewöhnte sie sich dann doch etwas mehr an Gregors Gestalt.
बाद में उसे ग्रेगर के रूप की थोड़ी और आदत हो गई।

Und sie fühlte sich etwas freier, weitere Bemerkungen zu machen.
और उसे और ज़्यादा बातें करने की थोड़ी और आज़ादी महसूस हुई।

(Obwohl sie sich nie ganz an ihn gewöhnen würde.)
(हालांकि वह कभी भी पूरी तरह से उसकी आदत नहीं डाल पाएगी।)

Und dann fühlte sich Gregor wieder etwas mehr angesprochen.
और फिर ग्रेगर को फिर से थोड़ा ज़्यादा बोलने का एहसास हुआ।

Und er nahm wahr, was er als freundliche Kommentare empfand.
और उसे वो कमेंट्स मिले जो उसे फ्रेंडली लगे।

„Ihm hat das Essen heute geschmeckt" oder „Er hat alles aufgegessen".
"आज उसे खाना बहुत पसंद आया," या "उसने सब कुछ खा लिया।"

Das war aber erst der Fall, nachdem er sein gesamtes Essen aufgegessen hatte.
लेकिन ऐसा तब हुआ जब उसने अपना सारा खाना खा लिया था।

Doch in letzter Zeit kam dies immer seltener vor.

लेकिन हाल ही में ऐसा होना बहुत कम होता जा रहा था।

„Er hat sein Essen kaum angerührt", sagte sie jetzt immer öfter.
"वह अपना खाना मुश्किल से ही छूता था," वह अब अक्सर कहती थी।

Und jedes Mal schwang ein Hauch von Traurigkeit in ihrer Stimme mit.
और हर बार उसकी आवाज़ में उदासी का भाव था।

Gregor konnte keine anderen Nachrichten direkter empfangen.
ग्रेगर कोई और खबर सीधे तौर पर नहीं सुन सका।

Aber er hörte viele Neuigkeiten aus den angrenzenden Zimmern mit.
लेकिन उसने बगल के कमरों से बहुत सारी खबरें सुनीं।

Als er Stimmen hörte, rannte er zur entsprechenden Tür.
जब उसने आवाज़ें सुनीं तो वह उसी दरवाज़े की तरफ़ भागा।

Und er presste seinen ganzen Körper gegen die Tür, um zu hören.
और उसने सुनने के लिए अपना पूरा शरीर दरवाज़े से सटा लिया।

Alle Gespräche drehten sich in irgendeiner Weise um ihn.
सभी बातचीत किसी न किसी तरह से उससे जुड़ी हुई थी।

Selbst wenn es scheinbar um etwas ganz anderes ging.
तब भी जब टॉपिक कुछ और ही लग रहा था।

Diese Beobachtung traf insbesondere in der Anfangszeit zu.
यह बात शुरुआती दिनों में खास तौर पर सच थी।

Bei jeder Mahlzeit wiederholten sie die gleiche Diskussion.
हर बार खाने के दौरान वे यही बात दोहराते थे।

Sie waren sich noch immer unsicher, wie sie sich ihm gegenüber verhalten sollten.
वे अभी भी इस बात को लेकर श्योर नहीं थे कि उसके आस-पास कैसा बिहेव करें।

Das gleiche Thema wurde aber auch zwischen den Mahlzeiten besprochen.
लेकिन खाने के बीच भी इसी टॉपिक पर चर्चा हुई।

Weil immer zwei Familienmitglieder zu Hause waren.
क्योंकि घर पर हमेशा परिवार के दो सदस्य रहते थे।

Niemand wollte allein im Haus bleiben.
कोई भी अकेले घर में नहीं रहना चाहता था।

Aber die Wohnung leer stehen zu lassen, kam auch nicht in Frage.
लेकिन फ्लैट खाली छोड़ने का सवाल ही नहीं उठता था।

Das Dienstmädchen war die Einzige, die nicht an die Wohnung gebunden war.
नौकरानी ही अकेली थी जो अपार्टमेंट में नहीं रहती थी।

Sie hatte bereits am ersten Tag darum gebeten, gehen zu dürfen.
उसने पहले ही दिन जाने के लिए कह दिया था।

Sie kniete nieder und flehte darum, entlassen zu werden.
वह घुटनों के बल बैठ गई और उसे निकालने की गुहार लगाने लगी।

Die Familie wusste nicht, wie viel das Dienstmädchen tatsächlich wusste.
परिवार को नहीं पता था कि नौकरानी असल में कितना जानती थी।

Zu diesem Zeitpunkt hatte sie nicht mehr gesehen als alle anderen.
उस समय तक उसने किसी और से ज़्यादा कुछ नहीं देखा था।

Was geschehen war, blieb der Familie weiterhin ein Rätsel.
जो हुआ था वह परिवार के लिए अभी भी एक रहस्य था।

Doch eine Viertelstunde später verabschiedete sie sich.
लेकिन पंद्रह मिनट बाद उसने अलविदा कहा।

Und sie dankte der Familie mit Tränen in den Augen.
और उसने आंखों में आंसू भरकर परिवार को धन्यवाद दिया।

Aber eigentlich dankte sie ihnen dafür, dass sie sie freigelassen hatten.
लेकिन असल में उसने उन्हें उसे रिहा करने के लिए धन्यवाद दिया।

Sie schienen ihr größte Freundlichkeit entgegengebracht zu haben.
ऐसा लगा कि उन्होंने उस पर बहुत दया दिखाई।

Sie leistete sogar einen Eid, ohne dazu aufgefordert worden zu sein.
उसने बिना पूछे ही शपथ भी ले ली।

Sie sagte, sie würde niemandem erzählen, was passiert war.
उसने कहा कि वह किसी को नहीं बताएगी कि क्या हुआ था।

Nun musste die Schwester zusammen mit ihrer Mutter kochen.
अब बहन को अपनी मां के साथ मिलकर खाना बनाना पड़ता था।

Das war aber keine allzu große Unannehmlichkeit.
लेकिन यह सच में कोई बहुत ज़्यादा परेशानी वाली बात नहीं थी।

Weil die beiden sowieso fast nichts aßen.
क्योंकि उन दोनों ने वैसे भी लगभग कुछ भी नहीं खाया था।

Immer und immer wieder hörte Gregor dasselbe Gespräch mit.
ग्रेगर ने बार-बार वही बातचीत सुनी।

Einer der beiden sagte dem anderen, er müsse mehr essen.
एक व्यक्ति दूसरे से कह रहा था कि उन्हें और खाना चाहिए।

Diese Person erhielt jedoch keine Antwort von der betreffenden Person.
लेकिन उस व्यक्ति को उस व्यक्ति से कोई जवाब नहीं मिला।

„Danke, ich habe genug", oder etwas Ähnliches.
"धन्यवाद, मेरे पास काफी है", या कुछ ऐसा ही।

Vielleicht tranken sie auch gar nichts mehr.
शायद उन्होंने अब कुछ भी नहीं पिया।

Die Schwester fragte ihren Vater oft, ob er Bier wolle.
बहन अक्सर अपने पिता से पूछती थी कि क्या उन्हें बीयर चाहिए।

Und sie bot freundlicherweise an, das Bier selbst zu holen.
और उसने प्यार से खुद बीयर लाने की पेशकश की।

Der Vater schwieg auf ihre Bitte hin stets.
उसके अनुरोध पर पिता हमेशा चुप रहते थे।

Die Schwester musste also einen Weg finden, jeden Zweifel auszuräumen.
इसलिए बहन को किसी भी शक को दूर करने का कोई रास्ता निकालना पड़ा।

Und sie sagte, sie würde das Dienstmädchen losschicken, um Bier zu holen.
और उसने कहा कि वह नौकरानी को कुछ बियर लाने के लिए भेजेगी।

Doch dann sagte der Vater schließlich ein lautes, deutliches „Nein".
लेकिन फिर पिता ने आखिरकार ज़ोर से कहा, "नहीं"।

Das Thema, dass er ein Bier trank, wurde danach nicht mehr erwähnt.
फिर उसके बीयर पीने की बात पर बात नहीं हुई।

Er hatte die finanzielle Situation bereits zuvor erläutert.
उन्होंने पहले ही फाइनेंशियल स्थिति के बारे में बता दिया था।

Tatsächlich sprach er schon am ersten Tag über Finanzen.
असल में, उन्होंने पहले ही दिन फाइनेंस का ज़िक्र किया।

Er machte ihnen die Aussichten deutlich.
उन्होंने उन्हें अच्छी तरह से बताया कि आगे क्या होने वाला है।

Sein eigenes Unternehmen war vor etwa fünf Jahren zusammengebrochen.
उनका अपना बिज़नेस लगभग पांच साल पहले बंद हो गया था।

Hin und wieder stand er auf, um den Tisch zu verlassen.
बीच-बीच में वह टेबल से उठने के लिए उठ जाता था।

Und er ging zur Kasse seines alten Geschäfts.
और वह अपने पुराने बिज़नेस के कैश रजिस्टर के पास गया।

Aus Sentimentalität hatte er die Kasse aufgehoben.
उसने भावुकता के कारण कैश रजिस्टर को बचा लिया था।

Gregor hörte, wie er ein schweres und kompliziertes Schloss öffnete.
ग्रेगर ने उसे एक भारी और मुश्किल ताला खोलते हुए सुना।

Und er holte Quittungen und Bücher aus der Kasse.
और उसने कैश बॉक्स से रसीदें और किताबें निकालीं।

Nachdem er die Gegenstände an sich genommen hatte, schloss er die Geldkassette wieder ab.
सामान लेने के बाद उसने कैश बॉक्स को फिर से बंद कर दिया।

Gregor hatte seit seiner Gefangennahme keine guten Nachrichten mehr erhalten.
ग्रेगर को जेल जाने के बाद से कोई अच्छी खबर नहीं मिली थी।

Er glaubte, das Geschäft habe seinen Vater in den Ruin getrieben.
उसे लगा कि इस बिज़नेस ने उसके पिता को दिवालिया बना दिया है।

Dieser Eindruck war Gregor vom Vater sicherlich vermittelt worden.
पिता ने निश्चित रूप से ग्रेगर को ऐसा ही आभास दिया था।

Und Gregor fragte ihn nie wieder nach den Finanzen.
और ग्रेगर ने उनसे फाइनेंस के बारे में और कभी नहीं पूछा।

Gregor wollte alles tun, was er konnte, um der Familie zu helfen.
ग्रेगर परिवार की मदद के लिए हरसंभव प्रयास करना चाहता था।

Er wollte ihnen helfen, das geschäftliche Unglück zu vergessen.
वह उन्हें बिज़नेस की बुरी हालत को भूलने में मदद करना चाहता था।

Der Bankrott, der zur völligen Hoffnungslosigkeit führte.
दिवालियापन जिसने पूरी तरह से निराशा ला दी।

So begann er mit einer ganz besonderen Leidenschaft zu arbeiten.
इसलिए उन्होंने बहुत ही खास जुनून के साथ काम करना शुरू कर दिया।

Er war quasi über Nacht zum Handelsreisenden geworden.
वह लगभग रातों-रात ट्रैवलिंग सेल्समैन बन गया था।

Davor hatte er lediglich als schlecht bezahlter Angestellter gearbeitet.
इससे पहले वह कम सैलरी वाले क्लर्क के तौर पर काम करता था।

Nun boten sich ihm völlig andere Verdienstmöglichkeiten.
अब उनके पास कमाई के बिल्कुल अलग मौके थे।

Erfolgreiche Verkäufe konnten sofort in Bargeld umgewandelt werden.
सफल बिक्री को तुरंत कैश में बदला जा सकता है।

Das Geld wird natürlich aus seinen Provisionen ausgezahlt.

बेशक, यह कैश उनके कमीशन से दिया जा रहा है।

Nun konnte Gregor Geld auf den Familientisch bringen.
अब ग्रेगर परिवार के लिए पैसे जुटाने में सक्षम था।

Und sie waren erstaunt und erfreut über seinen Verdienst.
और वे उसकी कमाई से हैरान और खुश थे।

Aber diese schönen Zeiten werden sich nicht wiederholen.
लेकिन वो खूबसूरत पल दोबारा नहीं आएंगे।

Sie hatten sich gerade erst an diese schönen Zeiten gewöhnt.
उन्हें अभी-अभी इन अच्छे दिनों की आदत पड़ी थी।

Jeden Zahltag nahm die Familie das Geld dankbar entgegen.
हर सैलरी वाले दिन परिवार खुशी-खुशी पैसे ले लेता था।

Und Gregor war ebenso gern bereit, das Geld herauszugeben.
और ग्रेगर भी पैसे देने में उतना ही खुश था।

Doch die im Gegenzug entgegengebrachte herzliche Zuneigung erlosch allmählich.
लेकिन बदले में मिला प्यार धीरे-धीरे खत्म हो गया।

Nur seine Schwester stand Gregor noch so nahe wie zuvor.
केवल उसकी बहन ही ग्रेगर के पहले की तरह करीब रही।

Im Gegensatz zu Gregor hatte sie eine tiefe Wertschätzung für Musik.
ग्रेगर के विपरीत, उसे संगीत की गहरी समझ थी।

Und sie konnte sehr berührend Geige spielen.
और वह वायलिन को बहुत ही प्यार से बजाना जानती थी।

Gregor plante insgeheim, sie auf eine Musikschule zu schicken.
ग्रेगर ने चुपके से उसे म्यूज़िक स्कूल भेजने का प्लान बनाया।

Er hatte noch nicht entschieden, wie er die Kosten decken würde.
उन्होंने अभी तक यह तय नहीं किया था कि वे खर्च कैसे उठाएंगे।

Aber irgendwie würde er die Kosten decken.
लेकिन किसी न किसी तरह से वह खर्च निकाल ही लेगा।

Gelegentlich unternahmen Gregor und seine Familie Kurztrips.

कभी-कभी ग्रेगर और परिवार छोटी यात्राओं पर जाते थे।

Gregor und seine Schwester sprachen oft über dieses Thema.

ग्रेगर और बहन अक्सर इस विषय पर बात करते थे।

Es wurde aber immer nur als eine wunderbare Idee erwähnt.

लेकिन इसका ज़िक्र हमेशा एक शानदार आइडिया के तौर पर ही किया गया।

Sie glaubten nicht wirklich, dass der Traum in Erfüllung gehen könnte.

उन्हें सच में विश्वास नहीं था कि सपना पूरा हो सकता है।

Und den Eltern gefielen solche fantasievollen Ambitionen nicht.

और माता-पिता को ऐसी मनगढ़ंत महत्वाकांक्षाएं पसंद नहीं थीं।

Selbst wenn das Thema ganz harmlos angesprochen wurde.

तब भी जब यह टॉपिक बहुत मासूमियत से उठाया गया था।

Gregor dachte aber weiterhin an die Musikschule.

लेकिन ग्रेगर म्यूज़िक स्कूल के बारे में सोचता रहा।

Und er hatte vor, das Geschenk am Heiligabend anzukündigen.

और उन्होंने क्रिसमस की शाम को तोहफ़े की घोषणा करने की योजना बनाई।

In seinem jetzigen Zustand wäre das natürlich unmöglich.

बेशक, उनकी अभी की हालत में यह नामुमकिन होगा।

Doch solche Gedanken gingen ihm durch den Kopf.

लेकिन इस तरह के विचार उसके दिमाग में आते रहे।

Und solche Gedanken kamen ihm, während er der Familie zuhörte.

और परिवार की बातें सुनते हुए उसके मन में ऐसे ही विचार आए।

Manchmal war er zu müde, um ihnen weiter zuzuhören.

कभी-कभी तो वह उनकी बातें सुनते-सुनते थक जाता था।

Vor Erschöpfung sank sein Kopf gegen die Tür.

थकान के कारण उसका सिर दरवाज़े से टकरा गया।

Doch er legte sofort wieder seinen Kopf gegen die Tür.

लेकिन उसने तुरंत अपना सिर फिर से दरवाजे से लगा लिया।

Denn selbst das leiseste Geräusch war draußen zu hören.
क्योंकि बाहर हल्की सी भी आवाज़ सुनाई दे सकती थी।

Und jedes Geräusch, das er machte, brachte die Familie zum Schweigen.
और उसके द्वारा किया गया कोई भी शोर परिवार को चुप करा देता।

„Was macht er denn jetzt?", fragte der Vater die Familie.
"वह अभी क्या कर रहा है?" पिता ने परिवार से पूछा।

Und er ging zur Tür, um nachzusehen, was das Geräusch verursachte.
और वह यह देखने के लिए दरवाजे पर गया कि शोर क्या है।

Und dann wurde das unterbrochene Gespräch allmählich wieder aufgenommen.
और फिर रुकी हुई बातचीत धीरे-धीरे फिर से शुरू हो गई।

Was der Vater aber sagte, überraschte alle auf positive Weise.
लेकिन पिता ने जो कहा उससे सभी हैरान रह गए।

Gregor erfuhr nun den wahren Stand der Finanzen.
ग्रेगर को अब फाइनेंस की असली स्थिति का पता चल गया।

Trotz all des Unglücks gab es auch etwas Glück.
सारी मुसीबतों के बावजूद, कुछ अच्छी किस्मत भी थी।

Ein kleines Vermögen aus alten Zeiten war noch vorhanden.
पुराने दिनों की एक बहुत छोटी सी दौलत अभी भी वहाँ थी।

Der Vater erklärte die Dinge, musste sich aber wiederholen.
पिता ने बातें तो समझाईं, लेकिन उन्हें अपनी बात दोहरानी पड़ी।

Weil er sich eine Weile nicht mehr mit diesen Dingen befasst hatte.
क्योंकि उसने कुछ समय से इन चीज़ों से डील नहीं किया था।

Und weil die Mutter solche Dinge nicht verstand.
और क्योंकि माँ को ऐसी बातें समझ में नहीं आती थीं।

Die Zinssätze der Bank waren etwas gestiegen.
बैंक की ब्याज दरें थोड़ी बढ़ गई थीं।

Das unberührte Geld hatte sich stärker erhöht als erwartet.

बचा हुआ पैसा उम्मीद से ज़्यादा बढ़ गया था।

Darüber hinaus hatte Gregor ihnen immer seine Ersparnisse gegeben.
इसके अलावा, ग्रेगर ने हमेशा उन्हें अपनी बचत दी थी।

Er hatte nur wenige Gulden für sich behalten.
उन्होंने अपने लिए बस कुछ ही गिल्डर्स रखे थे।

Und sein Geld war auch noch nicht vollständig aufgebraucht.
और उसका पैसा भी पूरी तरह खर्च नहीं हुआ था।

Zusammen hatte sich dieses Geld zu einem kleinen Kapital angesammelt.
कुल मिलाकर यह पैसा एक छोटी पूंजी बन गया था।

Gregor nickte hinter seiner Tür eifrig zu der Nachricht.
ग्रेगर ने अपने दरवाज़े के पीछे खड़े होकर, इस खबर पर उत्सुकता से सिर हिलाया।

Er war erfreut über diese unerwartete Vorsicht und Sparsamkeit.
वह इस अचानक सावधानी और बचत से खुश थे।

Die überschüssigen Mittel hätten zur Tilgung der Schulden verwendet werden können.
सरप्लस फंड का इस्तेमाल कर्ज़ चुकाने के लिए किया जा सकता था।

Dann hätten sie dem Chef nichts mehr geschuldet.
तब उन्हें बॉस को कुछ भी देना नहीं पड़ता।

Und Gregor hätte schon viel früher eine neue Stelle annehmen können.
और ग्रेगर बहुत पहले ही नई नौकरी पर जा सकता था।

Aber so, wie der Vater es arrangiert hatte, war es jetzt viel besser.
लेकिन अब पिता ने इसे जिस तरह से अरेंज किया था, वह बहुत बेहतर था।

Das Geld reichte nicht ganz zum Leben von den Zinsen.
ब्याज से गुज़ारा करने के लिए पैसे काफ़ी नहीं थे।

Und ein Teil des Geldes musste für Notfälle zurückgelegt werden.

और इमरजेंसी के लिए कुछ पैसे अलग रखने पड़े।

Das Geld hätte nur für ein oder zwei Jahre gereicht.
यह पैसा सिर्फ़ एक या दो साल के लिए ही काफ़ी होता।

Das bedeutete, dass jemand Geld verdienen musste, damit sie leben konnten.
इसका मतलब था कि किसी को तो उनके जीने के लिए पैसे कमाने ही थे।

Der Vater war nicht krank und er war stark genug.
पिता अस्वस्थ नहीं थे, और वे काफी मजबूत थे।

Doch er war seit mehr als fünf Jahren arbeitslos.
लेकिन वह पांच साल से ज़्यादा समय से बेरोज़गार था।

Und aufgrund seines Alters hatte er kaum noch Selbstvertrauen.
और, अपनी उम्र के कारण, उनमें बहुत कम आत्मविश्वास बचा था।

Er hatte in letzter Zeit auch deutlich an Gewicht zugenommen.
हाल ही में उनका वज़न भी काफी बढ़ गया था।

Sein Leben war stets mühsam und erfolglos gewesen.
उनका जीवन हमेशा कठिन और असफल रहा।

Und dies war der erste Urlaub, den er je verbracht hatte.
और यह उसकी पहली छुट्टी थी।

Und da er nicht beschäftigt war, war er ziemlich ungeschickt geworden.
और बिना बिज़ी रखे वह काफी अनाड़ी हो गया था।

Wäre es besser, wenn die alte Mutter das Geld verdienen würde?
क्या यह बेहतर होगा कि बूढ़ी माँ पैसे कमाए?

Die alte Mutter, die an Asthma litt.
बूढ़ी माँ जो अस्थमा से पीड़ित थी।

Die alte Mutter, die Mühe hatte, die Treppe hinaufzugehen.
वह बूढ़ी माँ जिसे सीढ़ियाँ चढ़ने में बहुत मुश्किल होती थी।

Die alte Mutter, die ihre Zeit damit verbrachte, auf dem Sofa zu liegen.
वह बूढ़ी माँ जो अपना समय सोफे पर लेटे हुए बिताती थी।

Die alte Mutter, die es vorzog, am Fenster zu sitzen.
बूढ़ी माँ जो खिड़की के पास रहना पसंद करती थी।

Damit sie bei Bedarf durchatmen konnte.
ताकि जब ज़रूरत हो तो वह सांस ले सके।

Wäre es besser, wenn die jüngere Schwester das Geld verdienen würde?
क्या यह बेहतर होगा कि छोटी बहन पैसे कमाए?

Die Schwester, die mit siebzehn Jahren noch ein Kind war.
बहन, जो सत्रह साल की थी, अभी भी बच्ची ही थी।

Die Schwester, die nur wenige, bescheidene Freuden hatte.
वह बहन जिसके पास बस कुछ मामूली सुख थे।

Die Schwester, die am liebsten Geige spielte.
वह बहन जिसे ज़्यादातर वायलिन बजाने में मज़ा आता था।

Sie wusste, dass ihr bisheriger Lebensstil sehr beneidenswert war;
वह जानती थी कि उसकी पिछली जीवन-शैली बहुत ईर्ष्यापूर्ण थी;

Sich schick anziehen, ausschlafen, im Haushalt helfen.
अच्छे कपड़े पहनना, देर से उठना, घर में मदद करना।

Das Gespräch drehte sich oft um die Notwendigkeit, Geld zu verdienen.
बातचीत अक्सर पैसे कमाने की ज़रूरत पर आ जाती थी।

Gregor war immer der Erste, der die Tür losließ.
ग्रेगर हमेशा दरवाज़ा छोड़ने वाला पहला व्यक्ति होता था।

Das Gespräch erfüllte ihn mit Scham und Trauer.
बातचीत से वह शर्म और दुख से गर्म हो गया।

Also warf er sich auf das kühle Ledersofa.
तो वह ठंडे लेदर सोफे पर बैठ गया।

Und den Rest der Nacht verbrachte er oft auf dem Sofa.
और वह अक्सर बाकी रात सोफे पर ही बिताता था।

Er hat nie wirklich auf dem Sofa geschlafen, auch nicht nachts.
वह कभी सोफे पर नहीं सोता था, न ही रात में।

Oft kratzte er stundenlang an dem Leder.

अक्सर वह घंटों तक लेदर को खरोंचता रहता था।

Manchmal schob er den Sessel ans Fenster.
दूसरी बार वह कुर्सी को खिड़की के पास धकेल देता था।

Allein dies erforderte von seiner Seite einen erheblichen Aufwand.
सिर्फ़ इसी काम के लिए उन्हें बहुत मेहनत करनी पड़ी।

Der Sessel half ihm, auf die Fensterbank zu klettern.
कुर्सी ने उसे खिड़की की चौखट पर चढ़ने में मदद की।

Und von dort aus konnte er sich ans Fenster lehnen.
और वहां से वह खिड़की के सहारे टिक सका।

Er empfand dabei stets ein großes Gefühl der Freiheit.
ऐसा करने से उन्हें बहुत आज़ादी महसूस होती थी।

Vielleicht suchte er nach einem alten, befreienden Gefühl.
शायद वह किसी पुरानी आज़ादी वाली फीलिंग की तलाश में था।

Doch seine Sehkraft war nicht mehr so scharf wie früher.
लेकिन उनकी नज़र पहले जितनी तेज़ नहीं थी।

Dinge in geringer Entfernung waren verschwommen und undeutlich.
थोड़ी दूरी पर चीज़ें धुंधली और साफ़ नहीं दिख रही थीं।

Er konnte das Krankenhaus auf der anderen Straßenseite nicht mehr sehen.
अब उसे सड़क के उस पार अस्पताल दिखाई नहीं दे रहा था।

Vorher hatte er den Anblick verflucht, jetzt wollte er ihn sehen.
पहले वह उस नज़ारे को कोसता था, अब वह उसे देखना चाहता था।

Er wusste, dass er in der ruhigen, städtischen Charlottenstraße wohnte.
वह जानता था कि वह शांत, शहरी चार्लोटिनस्ट्रासे में रहता है।

Aber vielleicht dachte er, er blicke in die Wüste.
लेकिन शायद उसे लगा होगा कि वह रेगिस्तान की ओर देख रहा है।

Eine Ödnis, wo grauer Himmel und graue Erde verschmolzen.
एक बंजर ज़मीन जहाँ ग्रे आसमान और ग्रे धरती एक हो गए थे।

Zweimal bemerkte die aufmerksame Schwester, dass der Stuhl verschoben worden war.
ध्यान देने वाली बहन ने दो बार देखा कि कुर्सी हिल गई थी।

Nachdem sie aufgeräumt hatte, schob sie den Stuhl zurück ans Fenster.
साफ़-सफ़ाई करने के बाद, उसने कुर्सी को वापस खिड़की के पास धकेल दिया।

Und von nun an ließ sie sogar den Fensterflügel offen.
और अब से उसने खिड़की का साश भी खुला छोड़ दिया।

Gregor wünschte sich sehr, er hätte mit seiner Schwester sprechen können.
ग्रेगर सच में चाहता था कि वह अपनी बहन से बात कर पाता।

Er wollte ihr für alles danken, was sie für ihn getan hatte.
वह उसके लिए किए गए हर काम के लिए उसे धन्यवाद देना चाहता था।

Dann hätte er ihre Dienste leichter toleriert.
तब वह उनकी सेवाओं को ज़्यादा आसानी से सहन कर लेता।

Doch so wie die Dinge standen, litt er darunter, dass sie ihm half.
लेकिन जैसे हालात थे, उसे उसकी मदद से तकलीफ़ हुई।

Die Schwester versuchte natürlich, die Peinlichkeit zu überspielen.
बहन ने बेशक शर्मिंदगी को छिपाने की कोशिश की।

Und sie tat ihr Bestes, so zu tun, als ob sie sich nicht belastet fühlte.
और उसने यह दिखाने की पूरी कोशिश की कि उसे बोझ महसूस नहीं हो रहा है।

Natürlich musste sie das erst einmal üben.
बेशक, यह ऐसी चीज़ है जिसकी उसे पहले प्रैक्टिस करनी थी।

Und je mehr Zeit verging, desto besser wurde sie darin.
और जैसे-जैसे समय बीतता गया, वह इसमें उतनी ही बेहतर होती गई।

Gregor erhielt jedoch auch mehr Zeit, um ihr Täuschungsmanöver zu durchschauen.
लेकिन ग्रेगर को भी उसका दिखावा देखने के लिए और समय दिया गया।

Schon das Betreten seines Zimmers durch sie war für ihn eine Tortur.
यहां तक कि उसके कमरे में उसका आना भी उसके लिए एक मुश्किल काम था।

Kaum war sie eingetreten, rannte sie direkt zum Fenster.
जैसे ही वह अंदर आई, वह सीधे खिड़की की तरफ भागी।

Sie nahm sich nicht einmal die Zeit, die Tür zu schließen.
उसने दरवाज़ा बंद करने का भी समय नहीं निकाला।

Normalerweise ersparte sie allen den Anblick von Gregors Zimmer.
आम तौर पर वह ग्रेगर के कमरे को सभी को देखने से बचाती थी।

Und mit hastigen Händen riss sie das Fenster auf.
और उसने जल्दी-जल्दी हाथों से खिड़की खोल दी।

Dann atmete sie wieder, als ob sie erstickt wäre.
फिर उसने फिर से सांस ली, जैसे उसका दम घुट रहा हो।

Die einströmende Luft war kalt, und sie atmete tief durch.
अंदर आ रही हवा ठंडी थी, और उसने गहरी सांस ली।

Dennoch blieb sie noch eine Weile am Fenster stehen.
लेकिन फिर भी वह कुछ देर तक खिड़की के पास ही रही।

Mit dieser Routine ängstigte sie Gregor zweimal täglich.
वह इस रूटीन से ग्रेगर को दिन में दो बार डराती थी।

Während sie im Zimmer war, zitterte er unter dem Sofa.
जब वह कमरे में थी तो वह सोफे के नीचे कांप रहा था।

Er wusste, dass sie ihm diese Tortur gern erspart hätte.
वह जानता था कि वह उसे इस मुश्किल से बचाना चाहती थी।

Aber sie konnte nicht in dem Zimmer sein, wenn das Fenster geschlossen war.
लेकिन वह खिड़की बंद करके कमरे में नहीं रह सकती थी।

Einmal kam sie etwas früher.
एक बार ऐसा हुआ जब वह थोड़ा पहले आ गई।

Vermutlich etwa einen Monat nach Gregors Verwandlung.
शायद ग्रेगर के बदलाव के लगभग एक महीने बाद।

Sie hatte sich ein wenig an sein neues Aussehen gewöhnt.

उसे उसके नए रूप की कुछ हद तक आदत हो गई थी।

Sie hatte also keinen Grund mehr, besonders schockiert zu sein.
इसलिए अब उसके पास खास तौर पर हैरान होने की कोई वजह नहीं थी।

Sie fand ihn immer noch regungslos aus dem Fenster starrend vor.
उसने पाया कि वह अभी भी बिना हिले खिड़की से बाहर देख रहा था।

Er befand sich am schrecklichsten Ort, an dem er hätte sein können.
वह सबसे भयानक जगह पर था जहां वह हो सकता था।

Er wäre nicht überrascht gewesen, wenn sie nicht hereingekommen wäre.
अगर वह अंदर नहीं आती तो उसे हैरानी नहीं होती।

Er hinderte sie daran, das Fenster zu öffnen.
जहां उसे खिड़की खोलने से रोका गया।

Sie verließ schnell wieder das Zimmer und schloss die Tür.
वह जल्दी से फिर कमरे से बाहर निकल गई और दरवाज़ा बंद कर लिया।

Ein Fremder hätte zu allen möglichen Schlussfolgerungen gelangen können.
एक अजनबी हर तरह के नतीजे पर पहुंच सकता था।

Vielleicht wartete er nur auf die Gelegenheit, sie zu beißen.
शायद वह उसे काटने के मौके का इंतज़ार कर रहा था।

Gregor versteckte sich natürlich sofort unter dem Sofa.
ग्रेगर, ज़ाहिर है, तुरंत सोफे के नीचे छिप गया।

Doch er musste bis Mittag warten, bis seine Schwester zurückkehrte.
लेकिन उसे अपनी बहन के लौटने के लिए दोपहर तक इंतज़ार करना पड़ा।

Und sie wirkte viel unruhiger als sonst.
और वह अपने रोज़ के स्वभाव से कहीं ज़्यादा बेचैन लग रही थी।

Ihm wurde klar, dass der Anblick von ihm immer noch unerträglich war.
उसे एहसास हुआ कि उसे देखना अब भी बर्दाश्त के बाहर था।

Der Anblick von ihm würde für sie weiterhin unerträglich
bleiben.
उसे देखना उसके लिए असहनीय होने वाला था।

Sie konnte es wahrscheinlich nicht ertragen, auch nur einen
Teil von ihm zu sehen.
शायद वह उसका कोई भी हिस्सा देखना बर्दाश्त नहीं कर सकती थी।

Ein kleines Teil ragte immer unter dem Sofa hervor.
सोफे के नीचे से एक छोटा सा हिस्सा हमेशा बाहर निकला रहता था।

Eines Tages trug er ein Bettlaken auf dem Rücken zum Sofa.
एक दिन वह अपनी पीठ पर चादर लादकर सोफे तक ले गया।

Er wollte verhindern, dass sie irgendetwas von ihm sah.
वह उसे अपना कोई भी हिस्सा देखने से बचाना चाहता था।

Er richtete das Bettlaken so aus, dass er vollständig verdeckt
war.
उसने चादर इस तरह बिछाई कि वह पूरी तरह छिप गया।

Selbst wenn sie sich bückte, könnte sie ihn nicht sehen.
अगर वह नीचे झुक भी जाती तो भी वह उसे देख नहीं पाती।

Für Gregor dauerte die gesamte Arbeit mehr als drei
Stunden.
इस पूरे काम में ग्रेगर को तीन घंटे से ज़्यादा समय लगा।

Möglicherweise hielt sie das Bettlaken für überflüssig.
शायद उसे लगा होगा कि बेडशीट की ज़रूरत नहीं है।

Sie hätte gewusst, dass er das Bettlaken nicht wollte.
उसे पता चल गया होगा कि उसे बेडशीट नहीं चाहिए।

Er tat es zu ihrem Wohlbefinden und nicht für sich selbst.
वह यह सब उसके आराम के लिए कर रहा था, अपने लिए नहीं।

Und sie hätte das Bettlaken abnehmen können, wenn sie
gewollt hätte.
और अगर वह चाहती तो वह चादर हटा सकती थी।

Aber sie ließ das Bettlaken dort, wo Gregor es hingelegt
hatte.
लेकिन उसने चादर वहीं छोड़ दी जहां ग्रेगर ने रखी थी।

Und Gregor glaubte sogar, einen dankbaren Blick erhascht zu haben.
और ग्रेगर को तो लगा कि उसने एक आभारी नज़र देखी है।

Er hatte das Bettlaken vorsichtig mit dem Kopf angehoben.
उसने धीरे से अपने सिर से चादर ऊपर उठा ली थी।

Er wollte herausfinden, ob seiner Schwester die Vereinbarung gefiel.
वह देखना चाहता था कि उसकी बहन को यह अरेंजमेंट पसंद आया या नहीं।

Die ersten zwei Wochen waren für die Eltern am schwierigsten.
पहले दो हफ़्ते माता-पिता के लिए सबसे मुश्किल थे।

Sie brachten es nicht übers Herz, hereinzukommen und ihn zu sehen.
वे खुद को अंदर आकर उससे मिलने के लिए तैयार नहीं कर सके।

Er belauschte in dieser Zeit viele ihrer Gespräche.
इस समय उसने उनकी कई बातें सुन लीं।

Sie nahmen alles, was die Schwester tat, voll und ganz zur Kenntnis.
उन्होंने बहन के हर काम को पूरी तरह से माना।

Auch wenn sie früher oft verärgert über sie waren.
हालांकि वे अक्सर उससे नाराज़ रहते थे।

Weil sie ein ziemlich nutzloses Mädchen gewesen zu sein schien.
क्योंकि वह कुछ हद तक बेकार लड़की लग रही थी।

Nun warteten sie auf der anderen Seite des Raumes.
अब वे ही कमरे के दूसरी तरफ इंतज़ार कर रहे थे।

Und sie war es, die den Raum betrat, um alles zu erledigen.
और वही थी जो कमरे में जाकर सब कुछ करती थी।

Sobald sie herauskam, wollten sie alles wissen.
जैसे ही वह बाहर आई, वे सब कुछ जानना चाहते थे।

Sie musste ihnen genau beschreiben, wie das Zimmer aussah.

उसे उन्हें बताना था कि कमरा असल में कैसा दिखता है।

„Was hat Gregor gegessen? Wie hat er sich diesmal verhalten?"
"ग्रेगर ने क्या खाया? इस बार उसका व्यवहार कैसा था?"

„War vielleicht eine leichte Verbesserung zu bemerken?"
"क्या शायद कोई मामूली सुधार देखा गया?"

Die Mutter war übrigens tatsächlich mutiger.
वैसे, माँ असल में ज़्यादा हिम्मतवाली थी।

Und natürlich war es ihr eigener Sohn im Zimmer.
और हाँ, कमरे के अंदर उसका अपना बेटा था।

Sie wollte Gregor eigentlich schon bald besuchen.
असल में वह जल्द ही ग्रेगर से मिलना चाहती थी।

Doch der Vater und die Schwester hielten sie zunächst zurück.
लेकिन पिता और बहन ने शुरू में उसे रोक लिया।

Sie brachten sehr rationale Argumente dafür vor, dass sie nicht gehen sollte.
उन्होंने उसके न जाने के लिए बहुत ही सही तर्क दिए।

Gregor hörte ihren Argumenten sehr aufmerksam zu.
ग्रेगर ने उनकी बात बहुत ध्यान से सुनी।

Und er akzeptierte die Argumentation genauso wie seine Mutter.
और उसने भी अपनी माँ की तरह ही इस तर्क को मान लिया।

Später musste sie jedoch mit Gewalt zurückgehalten werden.
लेकिन बाद में उसे ज़बरदस्ती रोकना पड़ा।

"Lasst mich zu Gregor hinein, er ist mein unglücklicher Sohn!"
"मुझे ग्रेगर के पास अंदर आने दो, वह मेरा बदनसीब बेटा है!"

"Verstehst du denn nicht, dass ich ihn aufsuchen muss?"
"क्या तुम नहीं समझते कि मुझे उससे मिलने जाना है?"

Gregor ließ sich ebenfalls von den Argumenten seiner Mutter überzeugen.

ग्रेगर भी अपनी माँ के तर्कों से सहमत हो गया।

Vielleicht hatte sie recht; es wäre gut, wenn sie hereinkäme.
शायद वह सही थी; अगर वह अंदर आ जाए तो अच्छा होगा।

Ihn jeden Tag zu besuchen, wäre viel zu viel.
हर दिन उसके सामने आना बहुत ज़्यादा होगा।

Aber ihn vielleicht einmal pro Woche zu sehen, könnte genügen.
लेकिन शायद हफ़्ते में एक बार उनसे मिलना काफ़ी होगा।

Sie versteht die Dinge vielleicht viel besser als die Schwester.
वह बहन से ज़्यादा अच्छी तरह समझ सकती है।

Trotz all ihres Mutes war sie doch nur ein Kind.
अपनी सारी हिम्मत के बावजूद, वह अभी भी एक बच्ची ही थी।

Vielleicht war es kindliche Unbekümmertheit, die sie dazu veranlasste, diese Aufgabe anzunehmen.
शायद बचकानी लापरवाही ने उसे यह काम करने पर मजबूर कर दिया।

Doch Gregors Wunsch, seine Mutter wiederzusehen, ging bald in Erfüllung.
लेकिन ग्रेगर की अपनी मां से मिलने की इच्छा जल्द ही पूरी हो गई।

Tagsüber hielt sich Gregor vom Fenster fern.
दिन के समय ग्रेगर खिड़की से दूर रहता था।

Dies tat er aus Rücksicht auf seine Eltern.
यह उसने अपने माता-पिता का ख्याल रखते हुए किया।

Er hatte nicht viel Platz, um auf dem Boden herumzukriechen.
उसके पास फर्श पर रेंगने के लिए ज़्यादा जगह नहीं थी।

Es fiel ihm schwer, nachts still zu liegen.
उसे रात में चुपचाप लेटे रहना मुश्किल लगता था।

Das Essen bereitete ihm nicht einmal mehr die geringste Freude.
अब उसे खाने में ज़रा भी मज़ा नहीं आता था।

Natürlich musste er sich irgendwie ablenken.
बेशक उसे अपना ध्यान भटकाने का कोई न कोई तरीका ढूंढना ही था।

Um sich die Zeit zu vertreiben, kletterte er die Wände rauf und runter.
अपना मनोरंजन करने के लिए वह दीवारों पर ऊपर-नीचे रेंगता रहा।

Und er kroch auch kopfüber an der Decke entlang.
और वह छत पर भी उल्टा रेंगता रहा।

Besonders glücklich war er, als er von der Decke hing.
वह खास तौर पर तब खुश होता था जब वह छत से लटकता था।

Es war etwas völlig anderes, als auf dem Boden zu liegen.
यह फर्श पर लेटने से बिलकुल अलग था।

In dieser Position fiel ihm das Atmen deutlich leichter.
उन्हें इस पोजीशन में सांस लेना बहुत आसान लगा।

Ein leichtes, aber angenehmes Kribbeln durchfuhr seinen Körper.
उसके शरीर में हल्का लेकिन सुखद कंपन हुआ।

Manchmal gab er sich seinem Glück sogar zu sehr hin.
कभी-कभी तो वह अपनी खुशी में बहुत ज़्यादा रिलैक्स भी हो जाता था।

Manchmal ließ er sich ablenken und ließ die Decke los.
कभी-कभी उसका ध्यान भटक जाता था और वह छत छोड़ देता था।

Und zu seiner eigenen Überraschung landete er wieder auf dem Boden.
और उसे खुद हैरानी हुई कि वह वापस ज़मीन पर आ गिरा।

Aber er hatte seinen Körper deutlich besser unter Kontrolle als zuvor.
लेकिन अब उसका अपने शरीर पर पहले से कहीं बेहतर कंट्रोल था।

So verletzte er sich nun nicht mehr bei so heftigen Stürzen.
इसलिए अब उसे इतनी बड़ी गिरावट से चोट नहीं लगी।

Die Schwester bemerkte sofort Gregors neue Freude.
बहन ने तुरंत ग्रेगर की नई खुशी पर ध्यान दिया।

Und dort, wo er gekrochen war, waren Klebstoffreste zu sehen.
और जहां वह रेंगकर गया था, वहां गोंद के निशान थे।

Auch hier dachte die Schwester an Gregors Wohlbefinden.
यहां भी बहन ने ग्रेगर की सेहत के बारे में सोचा।

Vielleicht würde er mehr Platz zum Herumkriechen begrüßen.
शायद उसे रेंगने के लिए ज़्यादा जगह पसंद आएगी।

Und der Gedanke hatte sich fest in ihrem Kopf verankert.
और यह विचार उसके दिमाग में मजबूती से बैठ गया।

Einige der großen Möbelstücke behinderten seine Bewegungsfreiheit.
कुछ बड़े फर्नीचर की वजह से वह आसानी से घूम नहीं पा रहा था।

Da er nicht mehr arbeitete, brauchte er den Schreibtisch nicht mehr.
वह अब काम नहीं करता था, इसलिए उसे डेस्क की कोई ज़रूरत नहीं थी।

Und die Schachtel nahm auch mehr Platz ein als nötig. ***
और बॉक्स ने ज़रूरत से ज़्यादा जगह भी घेर ली। ***

Die Schwester war nicht in der Lage, diese Dinge allein zu bewegen.
बहन अकेले ये चीज़ें नहीं हिला पा रही थी।

Natürlich wagte sie es nicht, den Vater um Hilfe zu bitten.
बेशक, उसने पिता से मदद मांगने की हिम्मत नहीं की।

Das Dienstmädchen hätte ihr sicherlich auch nicht geholfen.
नौकरानी भी निश्चित रूप से उसकी मदद नहीं करती।

Das neue Dienstmädchen war tatsächlich ein Jahr jünger als sie.
नई नौकरानी असल में उससे एक साल छोटी थी।

Sie hatte mutig die Rolle der ehemaligen Magd übernommen.
उसने बहादुरी से पहले वाली नौकरानी का रोल निभाया था।

Doch ein Privileg wollte sie unbedingt haben.
लेकिन एक खास अधिकार था जिस पर वह ज़ोर देती थी।

Sie wollte die Küche stets verschlossen halten.
वह रसोई को हर समय बंद रखना चाहती थी।

Daher blieb der Schwester nichts anderes übrig, als ihre Mutter zu fragen.
इसलिए बहन के पास अपनी मां से पूछने के अलावा कोई चारा नहीं था।

Unter Freudenschreien kam die Mutter herbei, um zu helfen.
खुशी से चिल्लाते हुए माँ मदद के लिए आई।

Doch an der Tür zu Gregors Zimmer verstummte sie.
लेकिन वह ग्रेगर के कमरे के दरवाज़े पर चुप हो गई।

Die Schwester überprüfte, ob im Zimmer alles in Ordnung war.
बहन ने देखा कि कमरे में सब कुछ ठीक है या नहीं।

Gregor hatte das Bettlaken hastig noch straffer gezogen.
ग्रेगर ने जल्दी से चादर को और भी कस कर खींच लिया।

Obwohl das Bettlaken immer noch willkürlich angeordnet aussah.
हालांकि बेडशीट अभी भी बेतरतीब ढंग से रखी हुई लग रही थी।

Erst dann ließ sie ihre Mutter ins Zimmer.
और उसके बाद ही उसने अपनी मां को कमरे में आने दिया।

Gregor verzichtete auch darauf, unter dem Laken hervorzuspähen.
ग्रेगर ने चादर के नीचे से जासूसी करने से भी परहेज किया।

Er beschloss, diesmal auf einen Besuch bei seiner Mutter zu verzichten.
इस बार उसने अपनी माँ से न मिलने का फ़ैसला किया।

Gregor war schon froh genug, dass sie überhaupt gekommen war.
ग्रेगर इस बात से बहुत खुश था कि वह अंदर आ गई थी।

„Komm herein, du kannst ihn nicht sehen", sagte die Schwester.
"अंदर आ जाओ, तुम उसे देख नहीं सकते," बहन ने कहा।

Gregor nahm an, dass sie ihre Mutter an der Hand führte.
ग्रेगर ने मान लिया कि वह अपनी मां का हाथ पकड़कर ले जा रही थी।

Dann hörte er, wie die beiden schwachen Frauen die Möbel verrückten.
तभी उसने दो कमज़ोर औरतों को फ़र्नीचर हिलाते हुए सुना।

Die Schwester schien den größten Teil der Arbeit für sich zu beanspruchen.

ऐसा लगता था कि बहन ज़्यादातर काम अपने लिए ही कर रही थी।

Ihre Mutter befürchtete, sie würde sich überanstrengen.
उसकी माँ को डर था कि वह खुद पर ज़्यादा ज़ोर डालेगी।

Doch die Schwester schenkte diesen Warnungen keine Beachtung.
लेकिन बहन ने इन चेतावनियों पर कोई ध्यान नहीं दिया।

Doch auch nach fünfzehn Minuten ging es nur sehr langsam voran.
लेकिन पंद्रह मिनट के बाद भी प्रोग्रेस बहुत धीमी थी।

Es war ihnen nicht gelungen, die Möbel weit zu bewegen.
वे फर्नीचर को बहुत दूर तक नहीं ले जा पाए थे।

Langsam beschlich sie ein Gefühl der Niederlage.
उन्हें धीरे-धीरे हार का एहसास होने लगा था।

Die Mutter war die Erste, die die Sinnlosigkeit eingestand.
माँ ने सबसे पहले इस बेकार बात को माना।

"Vielleicht wäre es besser, die Schachtel hier zu lassen."
"शायद बॉक्स को यहीं छोड़ देना बेहतर होगा।"

„Die Kiste ist zu schwer, als dass wir sie noch viel weiter bewegen könnten.“
"बॉक्स इतना भारी है कि हम उसे ज़्यादा दूर नहीं ले जा सकते।"

„Und wir werden nicht fertig sein, bevor dein Vater eintrifft.“
"और हम तुम्हारे पिता के आने से पहले काम खत्म नहीं करेंगे।"

„Wenn wir die Kiste hier lassen würden, würde das seinen Weg nur noch mehr versperren.“
"यहां बक्सा छोड़ने से उसका रास्ता और भी ज़्यादा बंद हो जाएगा।"

Und können wir sicher sein, dass wir ihm damit einen Gefallen tun?
"और क्या हम यह पक्का कर सकते हैं कि हम उस पर कोई एहसान कर रहे हैं?"

Sie begannen zu glauben, dass das Gegenteil durchaus der Fall sein könnte.
उन्हें लगने लगा कि इसका उल्टा भी सच हो सकता है।

Der Anblick der leeren Wand lastete schwer auf ihrem Herzen.
खाली दीवार को देखकर उसका दिल भारी हो गया।

Was spricht dagegen, dass Gregor das auch so empfinden würde?
क्या ग्रेगर को भी ऐसा महसूस नहीं होगा?

„Er hat sich bereits an die Möbel in seinem Zimmer gewöhnt."
"वह पहले से ही अपने कमरे के फर्नीचर का आदी है।"

„In einem leeren Zimmer könnte er sich noch verlassener fühlen."
"खाली कमरे में उसे और भी अकेलापन महसूस हो सकता है।"

Ihre Stimme war inzwischen fast zu einem Flüstern gesunken.
अब तक उसकी आवाज़ लगभग धीमी होकर फुसफुसाहट जैसी हो गई थी।

Sie wusste tatsächlich nicht, wo sich Gregor genau aufhielt.
असल में उसे ग्रेगर का सही पता नहीं था।

Sie wollte nicht einmal, dass er ihre Stimme hörte.
वह नहीं चाहती थी कि वह उसकी आवाज़ भी सुने।

Obwohl sie sich sicher war, dass er sie nicht verstand.
हालाँकि उसे यकीन था कि वह उसे नहीं समझता।

„Würde es nicht so aussehen, als hätten wir ihn völlig aufgegeben?"
"क्या ऐसा नहीं लगेगा कि हमने उस पर से पूरी तरह हार मान ली है?"

"Wird er nicht das Gefühl haben, dass wir ihn mit der Situation allein lassen?"
"क्या उसे ऐसा नहीं लगेगा कि हम उसे अकेले ही सब कुछ झेलने के लिए छोड़ रहे हैं?"

„Wir sollten den Raum genau so verlassen, wie er war."
"हमें कमरे को ठीक वैसे ही छोड़ देना चाहिए जैसा वह था।"

„Irgendwann wird Gregor zu uns zurückkehren, so wie er war."
"आखिरकार ग्रेगर हमारे पास वैसे ही वापस आएगा जैसे वह था।"

„Dann wird er feststellen, dass alles noch an seinem Platz
ist."
"तब वह पाएगा कि सब कुछ अपनी जगह पर है।"

„Und er wird die Übergangszeit viel leichter vergessen."
"और वह बीच का समय बहुत आसानी से भूल जाएगा।"

Als Gregor diese Worte hörte, begriff er etwas.
जब ग्रेगर ने ये शब्द सुने तो उसे कुछ एहसास हुआ।

Sein Verstand war in den letzten zwei Monaten verwirrt
worden.
पिछले दो महीनों से उसका दिमाग कन्फ्यूज हो गया था।

Der Mangel an menschlicher Interaktion hatte ihm nicht
gutgetan.
इंसानों से बातचीत की कमी उसके लिए अच्छी नहीं थी।

Er brauchte das eintönige Leben im Kreise seiner Familie
wirklich.
उसे सच में अपने परिवार के बीच बोरिंग ज़िंदगी की ज़रूरत थी।

Warum sonst hätte er eine solch unsinnige Forderung
gestellt?
वरना उसने ऐसी बेमतलब की मांग क्यों की होगी?

Welchen Sinn sollte es denn haben, sein Zimmer zu
räumen?
उसका कमरा खाली करने का क्या मतलब था?

Das gemütliche Zimmer war mit geerbten Möbeln
eingerichtet.
विरासत में मिले फर्नीचर से सजा आरामदायक कमरा।

Warum sollte er diese bekannte Wärme in eine Höhle
verwandeln wollen?
वह इस जानी-पहचानी गर्मी को गुफा में क्यों बदलना चाहेगा?

Eine Höhle, in der er ungestört in alle Richtungen kriechen
konnte.
एक गुफा जहाँ वह शांति से सभी दिशाओं में रेंग सकता था।

Doch in einer Höhle vergaß er rasch seine menschliche
Vergangenheit.
लेकिन एक गुफा जिसमें वह अपने इंसानी अतीत को तेज़ी से भूल गया।

Er fragte sich, ob er schon kurz davor war, alles zu vergessen.
उसे सोचना पड़ा कि क्या वह पहले ही भूलने के करीब था।

Die Stimme seiner Mutter hatte ihn aufgerüttelt und seine Erinnerung wachgerufen.
उसकी माँ की आवाज़ ने उसे याद दिला दिया था।

Die Stimme, die er so lange nicht gehört hatte.
वह आवाज़ जो उसने बहुत समय से नहीं सुनी थी।

Nichts durfte entfernt werden; alles musste bleiben.
कुछ भी नहीं हटाया जाना चाहिए; सब कुछ वहीं रहना चाहिए।

Die Möbel wirkten sich positiv auf seinen Zustand aus.
फर्नीचर ने उनकी हालत पर अच्छा असर डाला।

Und ohne diesen Anker zur Vergangenheit konnte er nicht zurechtkommen.
और वह अतीत के इस सहारे के बिना काम नहीं कर सकता था।

Die Möbel hinderten ihn daran, sinnlos herumzukriechen.
फर्नीचर की वजह से वह बेसुध होकर इधर-उधर नहीं रेंग सका।

Das war aber kein Verlust, sondern vielmehr ein großer Vorteil.
लेकिन यह कोई नुकसान नहीं था; बल्कि यह एक बड़ा फ़ायदा था।

Leider hatte die Schwester eine ganz andere Meinung.
दुर्भाग्य से बहन की राय बहुत अलग थी।

Sie war gewissermaßen zu einer Sprecherin Gregors geworden.
वह कुछ हद तक ग्रेगर की प्रवक्ता बन गई थी।

Natürlich war ihre Meinung nicht völlig unberechtigt.
बेशक उसकी राय पूरी तरह गलत नहीं थी।

Doch der Meinung ihrer Mutter musste hier widersprochen werden.
लेकिन यहां उसकी मां की राय को गलत साबित करना पड़ा।

Es war nicht nur die Kiste, die nun entfernt werden musste.
अब सिर्फ़ बॉक्स ही नहीं हटाना था।

Sein Schreibtisch und der Kleiderschrank konnten ebenfalls nicht bleiben.
उनकी डेस्क और अलमारी भी नहीं रह सकी।

Das Einzige, was unverzichtbar war, war das Sofa.
एकमात्र ज़रूरी चीज़ सोफ़ा था।

Sie hat diese Entscheidung nicht aus kindischem Trotz getroffen.
उसने यह फैसला सिर्फ़ बचकानी अवज्ञा में नहीं लिया था।

Es lag auch nicht an ihrem erst kürzlich gewonnenen Selbstvertrauen.
यह उसका हाल ही में आया आत्मविश्वास भी नहीं था।

Das neue Selbstvertrauen, das sie hatte, trieb sie an, so hart für den Sieg zu arbeiten.
नया कॉन्फिडेंस पाने के लिए उसे बहुत मेहनत करनी पड़ी।

Auch wenn niemand erwartet hatte, dass sie dazu in der Lage sein würde.
हालांकि किसी को भी उम्मीद नहीं थी कि वह ऐसा कर पाएगी।

Gregor brauchte tatsächlich viel Platz zum Kriechen.
ग्रेगर को रेंगने के लिए सच में बहुत जगह की ज़रूरत थी।

Die Möbel schränkten den ihm zur Verfügung stehenden Raum zusätzlich ein.
फर्नीचर की वजह से उसके पास सिर्फ़ उतना ही कमरा था जितना उसके पास था।

Sie konnte diese Dinge besser sehen als die Mutter.
वह इन चीज़ों को माँ से बेहतर देख पाती थी।

Aber vielleicht spielte auch ihre romantische Ader eine Rolle.
लेकिन शायद उनकी रोमांटिक भावना ने भी इसमें भूमिका निभाई।

Mädchen in diesem Alter entwickeln oft eine gewisse Begeisterung.
उस उम्र की लड़कियों में अक्सर एक खास उत्साह आ जाता है।

Und sie verspüren das Bedürfnis, ihren Willen durchzusetzen, wann immer es ihnen möglich ist.

और उन्हें जब भी मौका मिले, अपनी बात मनवाने की ज़रूरत महसूस होती है।

Vielleicht wollte sie ihn deshalb heimlich sabotieren.
शायद इसीलिए वह चुपके से उसे नुकसान पहुंचाना चाहती थी।

Noch furchterregender ist er, wenn er an den Wänden entlangkriecht.
जब वह दीवारों पर रेंगता है तो और भी डरावना लगता है।

Die Eltern trauten sich nicht mehr, das Zimmer zu betreten.
माता-पिता अब कमरे में आने की हिम्मत नहीं कर रहे थे।

Sie wäre tatsächlich die alleinige Betreuerin ihres Bruders.
वह सचमुच अपने भाई की अकेली देखभाल करने वाली होगी।

Sie ließ sich von ihrer Mutter nicht umstimmen.
उसने अपनी माँ को उसे किसी और तरह से मनाने नहीं दिया।

Gregors Mutter fühlte sich in dem Zimmer bereits unwohl.
ग्रेगर की माँ कमरे में पहले से ही असहज महसूस कर रही थी।

Sie hörte bald auf zu sprechen und half ihrer Tochter erneut.
उसने जल्द ही बोलना बंद कर दिया और फिर से अपनी बेटी की मदद की।

Mit ihren letzten Kräften entfernten sie den Kleiderschrank.
अपनी बची हुई ताकत से उन्होंने अलमारी हटा दी।

Auf die Kommode konnte er verzichten.
दराजों वाली अलमारी ऐसी चीज़ थी जिसके बिना वह रह सकता था।

Der Schreibtisch musste aber vorerst dort bleiben.
लेकिन डेस्क को फिलहाल वहीं रहना था।

Während die Frauen weg waren, versuchte er, sich einen Überblick über den Raum zu verschaffen.
जब औरतें चली गईं तो उसने कमरे का जायज़ा लेने की कोशिश की।

Und Gregor streckte seinen Kopf unter dem Sofa hervor.
और ग्रेगर ने सोफे के नीचे से अपना सिर बाहर निकाला।

Er musste sehen, was er in dieser Situation tun konnte.
उसे देखना था कि वह इस स्थिति के बारे में क्या कर सकता है।

Aber er war so vorsichtig und rücksichtsvoll wie möglich.
लेकिन वह जितना हो सके उतना सावधान और विचारशील था।

Leider war es die Mutter, die zuerst zurückkehrte.
दुर्भाग्य से माँ ही पहले लौटी।

Grete war noch dabei, den Kleiderschrank im Nebenzimmer umzustellen.
ग्रीट अभी भी अगले कमरे में अलमारी हटा रही थी।

Die Mutter war den Anblick Gregors jedoch nicht gewohnt.
लेकिन माँ को ग्रेगर को देखने की आदत नहीं थी।

Schon ein flüchtiger Blick auf ihn hätte sie krank machen können.
उसकी एक झलक भी उसे बीमार कर सकती थी।

Gregor eilte rückwärts zum anderen Ende des Sofas.
ग्रेगर जल्दी से सोफे के दूसरे छोर पर वापस चला गया।

Aber er konnte sich nicht zurücklehnen und das Bettlaken ausbalancieren.
लेकिन वह पीछे नहीं हट सका और बेडशीट को बैलेंस नहीं कर सका।

Die Bewegung reichte aus, um die Aufmerksamkeit der Mutter zu erregen.
यह हरकत माँ का ध्यान खींचने के लिए काफी थी।

Sie hielt inne und verharrte einen kurzen Moment ganz still.
वह रुकी और कुछ देर के लिए एकदम स्थिर खड़ी रही।

Dann drehte sie sich um und verließ das Zimmer wieder.
फिर वह मुड़ी और कमरे से बाहर चली गई।

Gregor redete sich immer wieder ein, dass nichts Ungewöhnliches passiert sei.
ग्रेगर खुद से कहता रहा कि कुछ भी असामान्य नहीं हुआ।

„Es handelt sich lediglich um ein paar Möbelstücke, die weggebracht wurden."
"यह बस कुछ फर्नीचर है जो ले जाया गया है।"

Doch schon bald musste er zugeben, dass ihn die Ereignisse mitgenommen hatten.
लेकिन जल्द ही उन्हें यह मानना पड़ा कि इन घटनाओं का उन पर असर हुआ।

Die Frauen hatten alles, was sie taten, auch gesagt.
महिलाएं जो कुछ भी कर रही थीं, वह सब कह रही थीं।

Sie waren im Zimmer auf und ab gegangen.
वे कमरे में इधर-उधर घूम रहे थे।

Das Kratzen aller Möbelstücke auf dem Boden.
फ़र्श पर सारे फ़र्नीचर की खरोंच।

Er hatte das Gefühl, von allen Seiten angegriffen zu werden.
उसे ऐसा लगा जैसे उस पर चारों तरफ से हमला हो रहा है।

Er zog Kopf und Beine so fest wie möglich an.
उसने अपने सिर और पैरों को जितना हो सके उतना कसकर अंदर खींच लिया।

Mit aller Kraft presste er seinen Körper zu Boden.
उसने पूरी ताकत से अपना शरीर ज़मीन पर दबाया।

Er wusste, dass er das alles nicht mehr lange aushalten konnte.
वह जानता था कि वह यह सब ज़्यादा समय तक नहीं सह सकता।

Sie räumten sein Zimmer aus und nahmen alles mit, was ihm lieb und teuer war.
उन्होंने उसका कमरा खाली कर दिया और उसकी हर पसंदीदा चीज़ ले ली।

Sie hatten bereits die Kiste mit all seinen Werkzeugen mitgenommen.
वे पहले ही वह बक्सा ले चुके थे जिसमें उसके सारे औज़ार थे।

Nun lockerten sie seinen schweren Schreibtisch vom Boden.
अब वे उसकी भारी मेज को ज़मीन से ढीला कर रहे थे।

Der Schreibtisch, an dem er nach seiner Rückkehr von der Arbeit gearbeitet hatte.
वह डेस्क जिस पर उसने काम से वापस आने के बाद काम किया था।

Der Schreibtisch, an dem er seine Geschäftsaufgaben erledigt hatte.
वह डेस्क जिस पर उसने अपने बिज़नेस असाइनमेंट लिखे थे।

Der Schreibtisch, an dem er in der Sekundarschule seine Hausaufgaben gemacht hatte.
वह डेस्क जिस पर उसने सेकेंडरी स्कूल में अपना होमवर्क किया था।

Ja, diesen Schreibtisch hatte er schon in der Grundschule.
हाँ, प्राइमरी स्कूल में उनके पास यह डेस्क पहले से ही थी।

Er hatte wirklich keine Zeit, sich von ihren guten Absichten zu überzeugen.
उनके पास सच में उनके अच्छे इरादों को कन्फर्म करने का समय नहीं था।

Obwohl er beinahe vergessen hatte, dass sie überhaupt da waren.
हालांकि वह लगभग भूल ही गया था कि वे वहां थे।

Weil sie vor Erschöpfung still arbeiteten.
क्योंकि वे थकान के कारण चुपचाप काम कर रहे थे।

Sie waren zu müde, um ihre Bewegungen jetzt noch bekannt zu geben.
वे अब अपने मूवमेंट्स बताने के लिए बहुत थक गए थे।

Alles, was er hörte, waren ihre schweren Schritte auf dem Boden.
उसे सिर्फ़ फ़र्श पर उनके भारी कदमों की आवाज़ सुनाई दी।

Genau in diesem Moment lehnten sie an der Kiste.
ठीक उसी समय वे बॉक्स से टिके हुए थे।

Und da kam Gregor unter dem Sofa hervor.
और तभी ग्रेगर सोफे के नीचे से बाहर आया।

Er änderte viermal seine Laufrichtung.
उसने चार बार अपनी दिशा बदली।

Er konnte sich nicht entscheiden, welcher Gegenstand zuerst gerettet werden musste.
वह तय नहीं कर पा रहा था कि पहले किस आइटम को बचाना है।

Plötzlich richtete sich sein Blick auf die leere Wand.
अचानक उसका ध्यान खाली दीवार की ओर गया।

Alles, was sie ihm hinterlassen hatten, war das Bild der Dame im Pelzmantel.
उन्होंने उसके लिए सिर्फ़ फर वाली महिला की तस्वीर छोड़ी थी।

Er kroch zu dem Bild und drückte seinen Körper an sie.
वह रेंगकर तस्वीर के पास गया और अपना शरीर उससे सटा लिया।

Und sein Körper verdeckte vollständig das Bild.
और उसके शरीर ने तस्वीर का पूरा नज़ारा ढक दिया।

Das Glas stützte ihn und kühlte seinen heißen Bauch.
गिलास ने उसे सहारा दिया और उसके गर्म पेट को आराम दिया।

Dieses Foto konnte ihm nicht mehr abgenommen werden.
यह तस्वीर अब उससे नहीं ली जा सकती थी।

Dann wandte er den Kopf zur Wohnzimmertür.
फिर उसने अपना सिर लिविंग रूम के दरवाज़े की तरफ़ घुमाया।

Er wollte zusehen, wie die Frauen ins Zimmer zurückkehrten.
वह देखने वाला था कि औरतें कमरे में वापस कैसे आती हैं।

Und sie ruhten sich nicht lange aus, bevor sie wieder zurückkehrten.
और वे ज़्यादा देर आराम नहीं कर पाए और फिर वापस आ गए।

Grete hatte den Arm um ihre Mutter gelegt, um ihr beim Gehen zu helfen.
ग्रेटे ने अपनी मां को चलने में मदद करने के लिए अपना हाथ उसके चारों ओर रखा हुआ था।

„Was sollen wir denn jetzt nehmen?", fragte Grete und blickte sich um.
"अब हम क्या लें?" ग्रेटे ने कहा और चारों ओर देखा।

Genau in diesem Moment trafen sich ihre Blicke mit Gregors.
ठीक उसी समय उसकी नज़र ग्रेगर की आँखों से मिली।

Trotz des Schocks behielt sie die Fassung.
सदमे के बावजूद, उसने अपना होश बनाए रखा।

Vermutlich nur wegen der Anwesenheit ihrer Mutter.
शायद सिर्फ़ उसकी माँ की मौजूदगी की वजह से।

Sie neigte ihr Gesicht zu ihrer Mutter und verdeckte ihr die Sicht.
उसने अपना चेहरा अपनी माँ की तरफ़ झुका लिया, जिससे उसका नज़ारा छिप गया।

Und dann sagte sie, zitternd und gedankenlos:
और फिर उसने कांपते हुए और बिना सोचे-समझे कहा:

"Kommt schon, sollten wir nicht zurück ins Wohnzimmer gehen?"
"चलो, क्या हम लिविंग रूम में वापस नहीं चलें?"

Gregor konnte die Absichten der Schwester leicht verstehen.
ग्रेगर बहन के इरादे आसानी से समझ सकता था।

Ihre oberste Priorität war es, ihre Mutter in Sicherheit zu bringen.
उसकी पहली प्राथमिकता अपनी मां को सुरक्षित जगह पर लाना था।

Aber dann wollte sie ihn von der Mauer herunterjagen.
लेकिन फिर वह उसे दीवार से नीचे गिराने वाली थी।

„Nun, sie kann es ja versuchen!", dachte Gregor bei sich.
"ठीक है, वह ज़रूर कोशिश कर सकती है!" ग्रेगर ने मन ही मन सोचा।

Er behielt sein Bild fest im Blick und gab es nicht her.
वह अपनी तस्वीर पर मजबूती से बैठ गया और उसे नहीं छोड़ा।

Am liebsten wäre er der Schwester ins Gesicht gesprungen.
वह तो बहन के मुँह पर कूद पड़ता।

Doch Gretes Worte hatten ihre Mutter noch mehr beunruhigt.
लेकिन ग्रीट की बातों ने उसकी मां को और भी ज्यादा परेशान कर दिया था।

Sie trat beiseite, um zu sehen, was vor ihr verborgen wurde.
वह यह देखने के लिए एक तरफ हट गई कि उससे क्या छिपाया जा रहा है।

Und sie sah den braunen Fleck auf der geblümten Tapete.
और उसने फूलों वाले वॉलपेपर पर भूरे रंग का दाग देखा।

Und sie schrie auf, noch bevor sie merkte, dass es Gregor war.
और वह चीख पड़ी, इससे पहले कि उसे पता चलता कि वह ग्रेगर है।

"Oh Gott", schrie sie mit ausgestreckten Armen.
"हे भगवान," वह अपनी बाहें फैलाकर चिल्लाई।

Und sie sank auf die Couch, als hätte sie aufgegeben.
और वह सोफे पर ऐसे गिर पड़ी जैसे उसने हार मान ली हो।

„Gregor!", rief die Schwester ihm mit erhobener Faust zu.
"ग्रेगर!" बहन ने मुट्ठी उठाकर उस पर चिल्लाया।

Und sie warf ihm einen langen, harten und durchdringenden Blick zu.
और उसने उसे एक लंबी, कड़ी और गहरी नज़र से देखा।

Dies war das erste Mal, dass sie direkt mit ihm gesprochen hatte.
यह पहली बार था जब उसने उससे सीधे बात की थी।

Sie rannte ins Nebenzimmer, um Riechsalz zu holen.
वह कुछ सॉल्ट लेने के लिए अगले कमरे में भाग गई।

Sie musste ihre Mutter wieder zum Bewusstsein bringen.
उसे अपनी मां को होश में लाना पड़ा।

Gregor wollte helfen, er konnte das Bild später aufbewahren.
ग्रेगर मदद करना चाहता था, वह बाद में तस्वीर को सेव कर सकता था।

Doch er war fest an der Glasscheibe festgeklebt.
लेकिन वह कांच पर मजबूती से फंस गया था।

Deshalb musste er sich mit großer Kraft losreißen.
इसलिए उसे बहुत ज़ोर लगाकर खुद को छुड़ाना पड़ा।

Auch er rannte in den nächsten Raum, wo sich die Schwester befand.
वह भी अगले कमरे में भाग गया, जहां बहन थी।

Früher hätte er ihr vielleicht einen Rat geben können.
पुराने दिनों में वह उसे कुछ सलाह दे सकता था।

Doch nun konnte er nichts anderes tun, als tatenlos zuzusehen.
लेकिन अब वह चुपचाप खड़े होकर देखने के अलावा कुछ नहीं कर सकता था।

Sie durchwühlte die Schublade und öffnete verschiedene Flaschen.
उसने दराज में कई बोतलें खोलीं।

Und er erschreckte sie immer noch, als sie sich umdrehte.
और जब वह मुड़ी तो उसने उसे अभी भी डरा दिया।

Eine Flasche fiel zu Boden, zerbrach und splitterte.
एक बोतल ज़मीन पर गिर गई, टूट गई और टुकड़े-टुकड़े हो गई।

Ein Glassplitter traf Gregor im Gesicht und verletzte ihn.
कांच का एक टुकड़ा ग्रेगर के चेहरे पर लगा और वह घायल हो गया।

Die Flasche hatte eine Art ätzende Flüssigkeit enthalten.
बोतल में किसी तरह का कास्टिक लिक्विड था।

Und nun brannte die ätzende Flüssigkeit auf Gregors Gesicht.
और अब वह ज़हरीला लिक्विड ग्रेगर का चेहरा जला रहा था।

Die Schwester hatte jedoch im Moment keine Zeit für Gregor.
हालाँकि, बहन के पास अभी ग्रेगर के लिए समय नहीं था।

Sie sammelte so viele Flaschen ein, wie sie tragen konnte.
उसने जितनी बोतलें उठा सकीं, उठा लीं।

Und sie rannte mit der Medizin zurück zu ihrer Mutter.
और वह दवाई लेकर अपनी मां के पास वापस भागी।

Sie schlug die Tür mit dem Fuß zu und schloss Gregor aus.
उसने पैर से दरवाज़ा ज़ोर से बंद कर दिया, जिससे ग्रेगर बाहर आ गया।

Nun war er von seiner möglicherweise sterbenden Mutter abgeschnitten.
अब वह अपनी मरने वाली माँ से कट गया था।

Wenn er die Tür öffnete, würde er die Schwester verjagen.
अगर उसने दरवाज़ा खोला तो वह बहन को भगा देगा।

Aber natürlich musste sie bleiben, um sich um die Mutter zu kümmern.
लेकिन ज़ाहिर है उसे माँ की देखभाल के लिए रुकना पड़ा।

Es gab für ihn nichts anderes zu tun, als auf sie zu warten.
अब वह उनके लिए इंतज़ार करने के अलावा कुछ नहीं कर सकता था।

Von Selbstvorwürfen und Angst geplagt, begann er zu kriechen.
खुद को बुरा-भला कहने और चिंता से परेशान होकर वह रेंगने लगा।

Er kroch überall hin; an Wänden, Möbeln, der Decke.
वह हर जगह रेंगता रहा; दीवारें, फर्नीचर, छत।

Er hatte das Gefühl, als würde sich der ganze Raum um ihn drehen.
उसे ऐसा लगा जैसे पूरा कमरा उसके चारों ओर घूम रहा है।

Schließlich fiel er, verzweifelt und schwindlig, wieder zu Boden.
आखिरकार, निराशा और चक्कर आने पर वह वापस नीचे गिर पड़ा।

Und er fiel direkt auf den großen Esstisch.
और वह बड़े डाइनिंग रूम टेबल के ठीक ऊपर गिर गया।

Er lag eine Weile da, betäubt und unfähig sich zu bewegen.

वह कुछ देर वहीं लेटा रहा, सुन्न और हिल भी नहीं पा रहा था।

Er war erschöpft von all dem, was ihm dieser Tag gebracht hatte.
वह आज के दिन में हुई सारी परेशानियों से थक गया था।

Es herrschte ringsum Stille, aber vielleicht war das ein gutes Zeichen.
चारों ओर शांति थी, लेकिन शायद यह एक अच्छा संकेत था।

Dann zerriss das Klingeln an der Haustür die Stille.
तभी, सन्नाटे को तोड़ते हुए, बाहर की डोरबेल बजी।

Das Dienstmädchen hatte sich natürlich in ihrer Küche eingeschlossen.
नौकरानी ने तो खुद को किचन में बंद कर लिया था।

Die Schwester war also die Einzige, die die Tür öffnen konnte.
इसलिए बहन ही अकेली थी जो दरवाज़ा खोल सकती थी।

„Was ist passiert?", fragte der Vater als Erstes.
"क्या हुआ?" पिता ने सबसे पहले यही पूछा।

Gretes Erscheinung hatte ihm wahrscheinlich alles verraten.
ग्रेटे के रूप ने शायद उसे सब कुछ बता दिया था।

Gretes Stimme wurde beim Sprechen gedämpft und dumpf.
बोलते समय ग्रीट की आवाज़ धीमी और सुस्त हो गई।

Sie muss ihr Gesicht an die Brust ihres Vaters gedrückt haben.
उसने अपना चेहरा अपने पिता की छाती से लगा लिया होगा।

„Mutter war bewusstlos, aber es geht ihr jetzt besser."
"माँ बेहोश थीं, लेकिन अब उन्हें बेहतर महसूस हो रहा है।"

„Gregor ist entkommen", fügte sie hinzu, was er auch erwartet hatte.
"ग्रेगर भाग गया है," उसने कहा, जिसकी उसे उम्मीद थी।

"Ich habe dir doch immer gesagt, dass er eines Tages ausbrechen würde."
"मैंने हमेशा तुमसे कहा था कि वह एक दिन भाग जाएगा।"

„Aber ihr Frauen wolltet mir ja nicht zuhören, nicht wahr?"

"लेकिन तुम औरतें मेरी बात सुनना नहीं चाहती थीं, है ना?"

Gregor erkannte schnell, wie sein Vater die Dinge sehen würde.
ग्रेगर को जल्दी ही समझ आ गया कि उसके पिता चीज़ों को कैसे देखते होंगे।

Er hatte Gretes allzu kurze Nachricht falsch interpretiert.
उसने ग्रेटे के बहुत छोटे मैसेज का गलत मतलब निकाल लिया था।

Er nahm an, Gregor habe eine Gewalttat begangen.
उन्होंने मान लिया कि ग्रेगर ने कोई हिंसा की है।

Gregor musste einen Weg finden, seinen Vater irgendwie zu besänftigen.
ग्रेगर को किसी तरह अपने पिता को खुश करने का तरीका ढूंढना था।

Weil er keine Zeit hatte, ihm die Dinge zu erklären.
क्योंकि उसके पास उसे चीजें समझाने का समय नहीं था।

Aber er hätte die Dinge ohnehin nicht erklären können.
लेकिन वह वैसे भी चीज़ें समझा नहीं पाता।

Da flüchtete er zur Tür und drückte sich dagegen.
तो वह भागकर दरवाज़े तक गया और उससे सट गया।

So konnte sein Vater ihn vom Vorzimmer aus sehen.
इस तरह उसके पिता उसे एंटरूम से देख सकते थे।

Und er würde erkennen, dass er die besten Absichten hatte.
और वह देख पाएगा कि उसके इरादे अच्छे थे।

Es war nicht nötig, ihn mit einem Besen zurückzudrängen.
उसे झाड़ू से पीछे धकेलने की कोई ज़रूरत नहीं थी।

Der Vater hätte lediglich die Tür öffnen müssen.
पिता को बस दरवाज़ा खोलना था।

Doch er hatte keine Lust, solche Feinheiten zu bemerken.
लेकिन वह ऐसी बारीकियों पर ध्यान देने के मूड में नहीं था।

"Da bist du ja!", rief er, sobald er eingetreten war.
"तुम यहाँ हो!" जैसे ही वह अंदर आया, उसने कहा।

Es war, als wäre er gleichzeitig wütend und glücklich.
ऐसा लग रहा था जैसे वह एक ही समय में गुस्सा भी था और खुश भी।

Er zog den Kopf zurück und blickte zu seinem Vater auf.
उसने अपना सिर पीछे खींचा और पिता की ओर देखा।

Er hatte sich seinen Vater nicht so vorgestellt.
उसने कभी नहीं सोचा था कि उसके पिता वहां इस तरह खड़े होंगे।

Doch in letzter Zeit hatte er eine neue Ablenkung gefunden.
लेकिन हाल ही में उन्हें ध्यान भटकाने वाली एक नई चीज़ मिल गई थी।

Das Herumkriechen nahm nun einen großen Teil seines Tages ein.
अब उनके दिन का ज़्यादातर समय रेंगने में ही बीत जाता था।

Zuvor hatte er alle Neuigkeiten in der Wohnung im Blick behalten.
पहले वह अपार्टमेंट में किसी भी खबर पर नज़र रखता था।

Aber in letzter Zeit hatte er nicht mehr so genau darauf geachtet.
लेकिन वह आजकल इतना ध्यान नहीं दे रहा था।

Er hätte auf Veränderungen vorbereitet sein müssen.
उसे बदलावों का सामना करने के लिए तैयार रहना चाहिए था।

Aber war dieser Mann vor ihm noch der Vater?
फिर भी, क्या उससे पहले वाला आदमी अब भी पिता था?

War er noch derselbe Mann, der früher müde in seinem Bett lag?
क्या वह वही आदमी था जो अपने बिस्तर पर थका हुआ पड़ा रहता था?

Als Gregor bereits auf Geschäftsreise war.
जब ग्रेगर पहले ही बिज़नेस ट्रिप पर जा चुका था।

War er derselbe Mann, der ihn abends begrüßte?
क्या वह वही आदमी था जो शाम को उससे मिलता था?

Als er in seinem Morgenmantel in seinem Sessel saß.
जब वह अपनी कुर्सी पर ड्रेसिंग गाउन में था।

War er derselbe Mann, der nicht aufstehen konnte, um ihn zu begrüßen?
क्या यह वही आदमी था जो उसका स्वागत करने के लिए खड़ा नहीं हो सका था?

So blieb er sitzen und hob freudig den Arm.
इसलिए, बैठे-बैठे ही उसने खुशी के संकेत के रूप में अपना हाथ उठाया।

War er derselbe Mann, mit dem er gelegentlich spazieren ging?
क्या वह वही आदमी था जिसके साथ वह कभी-कभी घूमने जाता था?

In seltenen Fällen: an einigen Sonntagen im Jahr oder an Feiertagen.
कभी-कभी: साल में कुछ रविवार, या छुट्टियों पर।

War er derselbe Mann, der in seinen Mantel gehüllt herüberkam?
क्या वह वही आदमी था जो ओवरकोट लपेटे हुए चल रहा था?

Musste er sich langsam zwischen Mutter und ihm vorwärtsarbeiten?
क्या वह धीरे-धीरे आगे बढ़ा, माँ और उसके बीच?

Und sie gingen seinetwegen bereits langsam.
और वे पहले से ही उसके कारण धीरे-धीरे चल रहे थे।

Doch nun stand dieser Mann stark und aufrecht.
लेकिन अब यह आदमी मज़बूती से और सीधा खड़ा था।

Er trug eine blaue Uniform mit goldenen Knöpfen.
उसने नीली यूनिफॉर्म पहनी हुई थी, जिस पर सुनहरे बटन थे।

Knöpfe, die die Angestellten der Bankinstitute tragen.
बैंकिंग संस्थानों के कर्मचारी जो बटन पहनते हैं।

Über dem steifen Kragen trat sein markantes Doppelkinn hervor.
कड़े कॉलर के ऊपर उसकी मजबूत डबल चिन उभरी हुई थी।

Unter seinen buschigen Augenbrauen blickten seine schwarzen Augen hervor.
उसकी घनी भौंहों के नीचे उसकी काली आँखें बाहर झाँक रही थीं।

Seine Augen wirkten nun durchdringend, frisch und aufmerksam.
अब उसकी आँखें तेज़, ताज़ा और अलर्ट लग रही थीं।

Das zuvor zerzauste weiße Haar wurde glatt gekämmt.
पहले बिखरे हुए सफेद बालों को कंघी से नीचे कर दिया गया।

Und sein Haar hatte nun einen sorgfältigen Mittelscheitel.
और अब उसके बालों में बीच से बहुत ध्यान से मांग निकली हुई थी।

Er warf seinen Hut weg, der mit einem goldenen Monogramm verziert war.
उन्होंने अपनी टोपी फेंकी, जिस पर सोने का मोनोग्राम लगा हुआ था।

Es handelte sich wahrscheinlich um das Monogramm der Bank, für die er arbeitete.
यह शायद उस बैंक का मोनोग्राम था जिसके लिए वह काम करता था।

Und der Hut landete auf dem Sofa, um später weggeräumt zu werden.
और टोपी सोफे पर रख दी गई, जिसे बाद में रखना था।

Er schob den Saum der langen Uniformjacke zurück.
उसने अपनी लंबी यूनिफॉर्म जैकेट के निचले हिस्से को पीछे धकेला।

Und er steckte seine Daumen in die Hosentaschen.
और उसने अपने अंगूठे अपनी पैंट की जेब में डाल लिये।

Und dann ging er mit finsterer Miene auf Gregor zu.
और फिर, गंभीर चेहरे के साथ, वह ग्रेगर की ओर चला गया।

Er wusste wahrscheinlich selbst noch nicht, was er vorhatte.
शायद उसे यह भी नहीं पता था कि वह क्या करने की योजना बना रहा है।

Dennoch hob er die Füße ungewöhnlich hoch.
लेकिन फिर भी उसने अपने पैर बहुत ज़्यादा ऊपर उठा लिए।

Gregor staunte über die enorme Größe seiner Stiefel.
ग्रेगर अपने जूतों के बड़े साइज़ को देखकर हैरान रह गया।

Doch dafür blieb wirklich keine Zeit, seine Schuhe zu bewundern.
लेकिन सच में उनके जूतों को देखकर हैरान होने का समय नहीं था।

Der Vater hatte sich für eine sehr strenge Disziplin entschieden.
पिता ने बहुत सख्त अनुशासन का फैसला किया था।

Für Gregor war nur die größtmögliche Strenge angemessen.
ग्रेगर के लिए केवल सबसे ज़्यादा सख्ती ही सही थी।

Das wusste er vom ersten Tag seiner Verwandlung an.
वह अपने बदलाव के पहले दिन से ही यह बात जानता था।

Er rannte zu seinem Vater und blieb stehen, als dieser stehen blieb.

वह दौड़कर अपने पिता के पास गया और जब वे रुके तो वह भी रुक गया।

Als er sich wieder bewegte, huschte er erneut auf ihn zu.
जब वह दोबारा हिला तो वह फिर से उसकी ओर दौड़ा।

Der Vater hielt einen Moment inne, und Gregor tat es ihm gleich.
पिता एक पल के लिए रुके, और ग्रेगर भी।

Und sobald sich sein Vater bewegte, stürmte er wieder vorwärts.
और जैसे ही उसके पिता आगे बढ़े, वह फिर से आगे की ओर दौड़ पड़ा।

Auf diese Weise gingen sie mehrmals im Kreis um den Raum.
इस तरह वे कई बार कमरे में चक्कर लगाते रहे।

Bislang hatte noch niemand einen entscheidenden Vorteil errungen.
अभी तक किसी को कोई निर्णायक लाभ नहीं मिला था।

Man konnte nicht den Eindruck einer Verfolgungsjagd gewinnen.
किसी को भी पीछा करने का आभास नहीं हो सकता था।

Weil das ganze Geschehen viel zu langsam vonstatten ging.
क्योंकि पूरा इवेंट बहुत धीरे-धीरे हो रहा था।

Gregor hatte beschlossen, am Boden zu bleiben.
ग्रेगर ने तय कर लिया था कि वह ज़मीन पर ही रहेगा।

Er hätte die Wände hoch und an der Decke entlanglaufen können.
वह दीवारों और छत पर चढ़ सकता था।

Er wollte den Vater aber nicht unnötig provozieren.
लेकिन वह पिता को बेवजह भड़काना नहीं चाहता था।

Eine solche Flucht hätte besonders verwerflich erscheinen können.
ऐसा भागना खास तौर पर बुरा लग सकता था।

Gregor räumte ein, dass diese Jagd nicht mehr lange dauern könne.
ग्रेगर ने माना कि यह पीछा ज़्यादा देर तक नहीं चल सकता।

Jeder Schritt erforderte eine Vielzahl von Bewegungen.
हर कदम पर कई तरह की हरकतें करनी पड़ती थीं।

Er begann bereits Atemnot zu verspüren.
उसे पहले से ही सांस लेने में तकलीफ़ होने लगी थी।

**Schon vorher hatte er nie absolut zuverlässige Lungen
gehabt.**
पहले भी उनके फेफड़े पूरी तरह से भरोसेमंद नहीं थे।

Er taumelte dahin und sparte seine Kräfte für den Lauf.
वह लड़खड़ाते हुए आगे बढ़ा, और दौड़ने के लिए अपनी ताकत बचाकर रखी।

**Er war so müde, dass er die Augen kaum noch offen halten
konnte.**
वह इतना थक गया था कि उसकी आँखें भी मुश्किल से खुली रह पा रही थीं।

**Seine Gedanken verlangsamten sich zu sehr, um an andere
Fluchtmöglichkeiten zu denken.**
उसके विचार इतने धीमे हो गए कि वह बचने के दूसरे तरीकों के बारे में सोच ही
नहीं पाया।

**Er hatte fast vergessen, dass ihm die Wände zur Verfügung
standen.**
वह लगभग भूल ही गया था कि दीवारें उसके लिए उपलब्ध हैं।

Die Wände waren aber ohnehin hinter Möbeln verborgen.
लेकिन दीवारें वैसे भी फर्नीचर के पीछे छिपी हुई थीं।

Und die Möbel wiesen zu viele Kerben und Vorsprünge auf.
और फर्नीचर में बहुत ज़्यादा खांचे और उभार थे।

Und dann, direkt neben ihm, rollte ein Apfel.
और फिर, उसके ठीक बगल में, लुढ़कता हुआ, एक सेब था।

**Ihm wurde klar, dass der Apfel nach ihm geworfen worden
sein musste.**
उसे एहसास हुआ कि सेब ज़रूर उस पर फेंका गया होगा।

**Doch er hatte keine Zeit zum Nachdenken, da kam schon
der nächste Apfel.**
लेकिन उसके पास सोचने का समय ही नहीं था कि दूसरा सेब आ गया।

**Gregor erstarrte vor Schreck über die neue Strategie seines
Vaters.**

पिता की नई स्ट्रेटेजी से ग्रेगर सदमे में आ गया।

Er konnte durch einen Fluchtversuch nichts mehr gewinnen.
अब उसे भागने की कोशिश से कुछ भी हासिल नहीं हो सकता था।

Der Vater hatte beschlossen, ihn mit Früchten zu
überhäufen.
पिता ने उस पर फलों की बौछार करने का फैसला किया था।

Er hatte sich die Taschen mit Obst aus der Küchenschale
gefüllt.
उसने रसोई के फलों के कटोरे से अपनी जेबें भर ली थीं।

Ohne besonders darauf zu zielen, warf er Apfel um Apfel.
बिना किसी खास निशाना लगाए, उसने एक के बाद एक सेब फेंके।

Diese kleinen roten Äpfel rollten auf dem Boden herum.
ये छोटे लाल सेब ज़मीन पर लुढ़क रहे थे।

Wie von einem Stromschlag getroffen, stießen die Äpfel
aneinander.
जैसे बिजली का करंट लगा हो, सेब एक-दूसरे से टकरा गए।

Einer der schwach geworfenen Äpfel streifte Gregors
Rücken.
कमज़ोर तरीके से फेंके गए सेबों में से एक ग्रेगर की पीठ पर लगा।

Zum Glück für ihn rutschte der Apfel harmlos herunter.
खुशकिस्मती से, वह सेब बिना किसी नुकसान के फिसल गया।

Der anschließend geworfene Apfel traf jedoch genauer.
हालाँकि, बाद में फेंका गया सेब ज़्यादा सटीक था।

Und dieser Apfel blieb tief in Gregors Rücken stecken.
और यह सेब ग्रेगर की पीठ में गहराई तक धंस गया।

Gregor wollte sich vor dem Schmerz davonreißen.
ग्रेगर खुद को दर्द से दूर खींचना चाहता था।

Vielleicht ließe sich diesem neuen, unvorstellbaren Schmerz
entkommen.
शायद इस नए, अविश्वसनीय दर्द से बचा जा सके।

Vielleicht würde ein Ortswechsel seine Qualen lindern.
शायद जगह बदलने से उसकी तकलीफ़ कम हो जाएगी।

Aber er fühlte sich, als wäre er am Boden festgenagelt.

लेकिन उसे ऐसा लगा जैसे उसे फर्श पर कीलों से ठोंक दिया गया हो।

Er streckte sich aus, aber nur aufgrund seiner Verwirrung.
उसने खुद को फैलाया, लेकिन सिर्फ़ अपने कन्फ्यूज़न की वजह से।

Erst mit seinem letzten Blick sah er, wie sich die Tür öffnete.
आखिरी नज़र में ही उसे दरवाज़ा खुलता हुआ दिखा।

Die Mutter stürzte vor die schreiende Schwester hinaus.
माँ चिल्लाती हुई बहन के सामने से भागी।

Die Schwester hatte sie ausgezogen, sodass sie nur noch ihr Hemd trug.
बहन ने उसके कपड़े उतार दिए थे, इसलिए वह अपनी शर्ट में थी।

Sie hatte in ihrer Bewusstlosigkeit Freiraum gebraucht.
उसे बेहोशी में सांस लेने की जगह की ज़रूरत थी।

Er sah noch, wie die Mutter auf den Vater zulief.
उसने फिर भी देखा कि माँ कैसे पिता की ओर दौड़ी।

Ihre Röcke rutschten einer nach dem anderen zu Boden.
उसकी स्कर्ट एक के बाद एक ज़मीन पर गिर गई।

Er sah, wie sie auf den Vater zuging und über ihren Rock stolperte.
उसने उसे पिता के पास आते और अपनी स्कर्ट पर गिरते देखा।

Sie umarmte ihn und bat darum, Gregors Leben zu verschonen.
उसे गले लगाते हुए उसने ग्रेगर की जान बख्शाने की प्रार्थना की।

In völliger Einheit mit seinem Körper versagte auch sein Augenlicht.
अपने शरीर के साथ पूरी तरह एक होने पर भी उसकी आँखों की रोशनी चली गई।

Gregor litt über einen Monat lang unter der schweren Verletzung.
ग्रेगर को एक महीने से ज़्यादा समय तक गंभीर चोट लगी।

Der Apfel steckte fest; niemand wagte es, ihn zu entfernen.
सेब वहीं धंसा रहा; किसी ने उसे निकालने की हिम्मत नहीं की।

Der Apfel blieb als sichtbare Erinnerung in seinem Fleisch zurück.
सेब उसके शरीर में एक दिखने वाली याद के तौर पर रह गया।

Der Apfel diente dem Vater aber auch als Erinnerung.
लेकिन सेब पिता के लिए एक याद दिलाने वाला भी था।

Ihm wurde klar, dass Gregor nicht wie ein Feind behandelt werden sollte.
उन्होंने महसूस किया कि ग्रेगर के साथ दुश्मन जैसा बर्ताव नहीं किया जाना चाहिए।

Im Moment mag sein Erscheinungsbild traurig und abstoßend wirken.
अभी उसका रूप उदास और घिनौना लग सकता है।

Aber dennoch war er ein Mitglied ihrer Familie.
लेकिन फिर भी, वह अभी भी उनके परिवार का सदस्य था।

Der Widerwille musste überwunden und toleriert werden.
इस हिचकिचाहट को सहना पड़ा।

Aufgrund seiner Verletzung könnte seine Beweglichkeit für immer verloren sein.
उसके घाव की वजह से, उसकी चलने-फिरने की क्षमता हमेशा के लिए खत्म हो सकती है।

Er kroch immer noch in seinem Zimmer herum, aber viel langsamer.
वह अब भी अपने कमरे में रेंगता रहता था, लेकिन बहुत धीरे-धीरे।

Kriechen in irgendeiner Höhe war völlig ausgeschlossen.
किसी भी ऊंचाई पर रेंगने का सवाल ही नहीं उठता था।

Gregor erhielt jedoch eine Form der Entschädigung.
लेकिन ग्रेगर को कुछ न कुछ मुआवज़ा ज़रूर मिला।

Am Abend wurde ihm die Wohnzimmertür geöffnet.
शाम को उनके लिए लिविंग रूम का दरवाज़ा खोला गया।

**Und er war der Ansicht, dass diese
Wiedergutmachungszahlungen vollkommen angemessen
seien.**
और उन्हें लगा कि ये मुआवज़ा पूरी तरह से काफ़ी था।

**Noch vor Einbruch der Dunkelheit begann er, die Tür zu
beobachten.**
शाम होने से पहले ही उसने दरवाज़े पर नज़र रखना शुरू कर दिया।

Er lag in der Dunkelheit, vom Wohnzimmer aus unsichtbar.
वह अंधेरे में लेटा हुआ था, लिविंग रूम से दिखाई नहीं दे रहा था।

**Er konnte die ganze Familie an dem beleuchteten Tisch
sehen.**
वह रोशन टेबल पर पूरे परिवार को देख सकता था।

Nun durfte er ihren Gesprächen zuhören.
अब उसे उनकी बातचीत सुनने की इजाज़त थी।

**Dies unterschied sich deutlich von ihrer vorherigen
Vereinbarung.**
यह उनकी पिछली व्यवस्था से काफी अलग था।

**Die lebhaften Gespräche vergangener Zeiten waren
verstummt.**
पहले के समय की मज़ेदार बातचीत खत्म हो गई थी।

**Das waren die Gespräche, nach denen er sich immer gesehnt
hatte.**
ये वो बातचीत थीं जिनका वह इंतज़ार करता था।

Als er allein in kleinen Hotelzimmern schlief.
जब वह छोटे होटल के कमरों में अकेले सो रहा था।

Als er sich in die feuchte Bettwäsche werfen musste.
जब उसे खुद को गीले बिस्तर में डालना पड़ा।

Die Abende verliefen nun meist ruhig und ereignislos.
लेकिन अब शामें ज़्यादातर शांत और बिना किसी घटना के बीतती थीं।

Der Vater schlief nach dem Abendessen in seinem Sessel
ein.
डिनर के बाद पिता अपनी कुर्सी पर सो गए।

Und Mutter und Schwester ermahnten einander zur Stille.
और माँ और बहन ने एक दूसरे से चुप रहने का आग्रह किया।

Die Mutter beugte sich weit über die Lampe und nähte
Leinen.
माँ रोशनी के पास झुककर कपड़े सिल रही थी।

Sie entwirft jetzt Kleider für eines der Modegeschäfte.
अब वह एक फैशन स्टोर के लिए कपड़े बनाती थी।

Wie Gregor hatte auch die Schwester eine Stelle als
Verkäuferin angenommen.
ग्रेगर की तरह, बहन ने भी सेल्सवुमन की नौकरी कर ली थी।

Sie lernte abends Stenografie und Französisch.
वह शाम को शॉर्टहैंड और फ्रेंच सीख रही थी।

Damit sie später vielleicht eine bessere Arbeitsstelle
bekommen könnte.
ताकि बाद में उसे शायद कोई बेहतर नौकरी मिल सके।

Manchmal wachte der Vater von seinem abendlichen
Nickerchen auf.
कभी-कभी पिता शाम की झपकी से जाग जाते थे।

"Liebling, du nähst heute schon so lange!"
"डार्लिंग, आज तुम बहुत देर से सिलाई कर रही हो!"

Er schien vergessen zu haben, dass er geschlafen hatte.
ऐसा लग रहा था कि वह भूल गया था कि वह सो रहा था।

Doch er fiel sofort wieder in seinen Schlaf zurück.
लेकिन वह तुरंत फिर से नींद में सो गया।

Und Mutter und Schwester lächelten einander müde an.
और माँ और बहन एक दूसरे को देखकर थकी हुई सी मुस्कुराई।

Der Vater hatte eine seltsame neue Sturheit entwickelt.
पिता में एक अजीब सी नई ज़िद आ गई थी।

Selbst zu Hause weigerte er sich, seine Dieneruniform
auszuziehen.

यहां तक कि घर पर भी उन्होंने अपनी नौकर वाली वर्दी उतारने से मना कर दिया।

Und sein Morgenmantel hing nutzlos am Kleiderbügel.
और उसका ड्रेसिंग गाउन बेकार में हैंगर पर लटका हुआ था।

So schlief der Vater, vollständig bekleidet, in seinem Sessel.
तो पिता पूरे कपड़े पहनकर अपनी आरामकुर्सी पर सो गए।

Es war, als ob er immer bereit wäre, seinen Dienst zu leisten.
ऐसा लगता था जैसे वह हमेशा उनकी सेवा करने के लिए तैयार रहते थे।

Als ob er nur auf die Stimme seines Vorgesetzten gewartet hätte.
मानो वह अपने सीनियर की आवाज़ का ही इंतज़ार कर रहा था।

Dies führte dazu, dass seine Uniform an Sauberkeit verlor.
इससे उनकी यूनिफॉर्म की सफाई खत्म हो गई।

Obwohl die Uniform auch nicht neu war, als er sie bekam.
हालांकि जब उन्हें यूनिफॉर्म मिली थी तब वह नई नहीं थी।

Und die Mutter tat ihr Bestes, um die Uniform zu pflegen.
और माँ ने यूनिफॉर्म की देखभाल करने की पूरी कोशिश की।

Gregor verbrachte ganze Abende damit, diese Uniform anzusehen.
ग्रेगर ने पूरी शाम इस यूनिफॉर्म को देखते हुए बिताई।

Er beobachtete, wie der alte Mann äußerst unbequem schlief.
उसने देखा कि बूढ़ा आदमी बहुत बेचैनी से सो रहा था।

Doch im Schlaf bemerkte er auch etwas Friedliches.
लेकिन नींद में उसे कुछ शांति भी महसूस हुई।

Als die Uhr zehn schlug, versuchte die Mutter, ihn zu wecken.
जब घड़ी में दस बजे तो माँ ने उसे जगाने की कोशिश की।

Sie sprach leise und überredete ihn, ins Bett zu gehen.
उसने धीरे से बात की और उसे सोने के लिए मना लिया।

Denn auf dem Sessel zu schlafen war kein richtiger Schlaf.
क्योंकि कुर्सी पर सोना असली नींद नहीं थी।

Er musste um sechs Uhr mit der Arbeit beginnen.

उसे छह बजे काम शुरू करना था।

Deshalb musste er unbedingt so gut wie möglich schlafen.
इसलिए उसे सच में अच्छी नींद लेने की ज़रूरत थी।

Doch er war von einer neuen Form der Sturheit ergriffen.
लेकिन वह एक नए तरह की ज़िद में जकड़ गया था।

Die Tatsache, dass er Diener geworden war, hatte begonnen, diese Wirkung auf ihn zu haben.
नौकर बनने का उस पर यह असर होने लगा था।

Deshalb bestand er immer darauf, länger am Tisch zu bleiben.
इसलिए वह हमेशा टेबल पर ज़्यादा देर तक रुकने पर ज़ोर देता था।

Obwohl er regelmäßig wieder in seinem Sessel einschlief.
हालाँकि वह रेगुलर तौर पर फिर से अपनी कुर्सी पर सो जाता था।

Und er ließ sich nur mit größter Mühe bewegen.
और उसे बहुत मुश्किल से ही हिलाया जा सका।

Man musste ihm erklären, dass das Bett besser für ihn wäre.
उसे बताया गया कि यह बिस्तर उसके लिए बेहतर होगा।

Mutter und Schwester mussten nachdrücklich darauf bestehen, oft mit nur wenigen Vorwarnungen.
माँ और बहन को छोटी-छोटी चेतावनियों के साथ ज़ोर देना पड़ा।

Fünfzehn Minuten lang schüttelte er nur langsam den Kopf.
पंद्रह मिनट तक वह बस धीरे-धीरे अपना सिर हिलाता रहा।

Und er hielt die Augen geschlossen und weigerte sich aufzustehen.
और उसने अपनी आँखें बंद रखीं, और उठने से मना कर दिया।

Die Mutter zupfte sanft, aber bestimmt an seinem Ärmel.
माँ ने धीरे से, लेकिन मज़बूती से उसकी आस्तीन खींची।

Und sie flüsterte ihm schmeichelhafte Worte in seine müden Ohren.
और उसने उसके थके हुए कानों में तारीफ़ भरे शब्द फुसफुसाए।

Die Schwester unterbrach ihre Arbeit, um ihrer Mutter zu helfen.
बहन ने अपना काम छोड़कर अपनी माँ की मदद की।

Doch keiner ihrer Versuche zeigte Wirkung beim Vater.
लेकिन पिता पर उनकी एक भी कोशिश काम नहीं आई।

Er sank noch tiefer in seinen Stuhl, bereit zum Schlafen.
वह अपनी कुर्सी में और भी गहराई तक धंस गया, सोने के लिए तैयार।

Und schließlich packten ihn die Frauen unter den Achseln.
और आखिर में औरतों ने उसे बगल से पकड़ लिया।

Er öffnete die Augen und blickte sie abwechselnd an.
उसने अपनी आँखें खोलीं और उन्हें बारी-बारी से देखा।

„Was für ein Leben!", klagte er beim Zubettgehen.
"यह कैसी ज़िंदगी है," उसने बिस्तर पर जाते हुए शिकायत की।

"Ist das der Frieden, der mir im Alter zuteilwurde?"
"क्या यही वह शांति है जो मुझे बुढ़ापे में मिली है?"

Doch dann stützte er sich auf die beiden Frauen und stand unbeholfen auf.
लेकिन फिर, दोनों महिलाओं पर झुककर, वह अजीब तरह से उठ खड़ा हुआ।

Er tat so, als trüge er die schwerste Last.
उसने ऐसा बर्ताव किया जैसे वह सबसे भारी बोझ उठा रहा हो।

Er ließ sich von den beiden Frauen bis ans andere Ende des Raumes führen.
उसने दोनों महिलाओं को कमरे के आखिर तक ले जाने दिया।

Dort wünschte er ihnen eine gute Nacht und ging dann allein weiter.
वहां उन्होंने उन्हें गुडनाइट कहा और अपने रास्ते पर चल पड़े।

Doch die Mutter warf hastig ihr Nähzeug hin.
लेकिन माँ ने जल्दी से अपना सिलाई का सामान नीचे फेंक दिया।

Und auch die Schwester legte den Stift und den Notizblock beiseite.
और बहन ने भी पेन और नोटपैड नीचे रख दिया।

Und sie liefen hinter dem Vater her, um ihm weiter zu helfen.
और वे पिता की मदद करने के लिए उनके पीछे दौड़े।

Wer in dieser überarbeiteten Familie hatte schon Zeit für Gregor?

इस बहुत ज़्यादा काम वाले परिवार में ग्रेगर के लिए किसके पास समय था?

Wer hätte ihm mehr Aufmerksamkeit schenken können als nötig?
कौन उसे ज़रूरत से ज़्यादा ध्यान दे सकता था?

Das Haushaltsbudget wurde zunehmend eingeschränkt.
घर का बजट लगातार सीमित होता गया।

Um Geld zu sparen, mussten sie schließlich das Dienstmädchen entlassen.
आखिरकार, पैसे बचाने के लिए उन्हें नौकरानी को निकालना पड़ा।

Sie wurde durch eine stämmige, weißhaarige Frau ersetzt.
उसकी जगह एक मोटी हड्डी वाली, सफेद बालों वाली महिला को रख दिया गया।

Diese Frau kam jedoch nur morgens und abends.
लेकिन यह महिला केवल सुबह और शाम को ही आती थी।

Und die schwerste und härteste Arbeit wurde ihr aufgehoben.
और सारा भारी और मुश्किल काम उसके लिए बचाकर रखा गया था।

Alle anderen Hausarbeiten wurden von der Mutter erledigt.
बाकी सारे काम माँ ने ही किए।

Es kam sogar vor, dass verschiedene Familienschmuckstücke verkauft wurden.
यहां तक कि कई पारिवारिक गहने भी बेच दिए गए।

Schmuck, den die Frauen bei Feierlichkeiten mit Freude getragen hatten.
ज्वेलरी जो महिलाओं ने सेलिब्रेशन के दौरान खुशी-खुशी पहनी थी।

Gregor erfuhr dies in einer der allgemeinen Diskussionen.
ग्रेगर को यह बात एक आम चर्चा से पता चली।

Die größte Beschwerde betraf jedoch etwas anderes.
हालाँकि, सबसे बड़ी शिकायत कुछ और थी।

Die Wohnung war zu groß, aber sie konnten nicht ausziehen.
अपार्टमेंट बहुत बड़ा था, लेकिन वे बाहर नहीं जा सकते थे।

Es gab keine Möglichkeit, Gregor umzusiedeln.

ऐसा कोई तरीका नहीं था जिससे वे ग्रेगर को दूसरी जगह ले जा सकें।

Gregor erkannte jedoch, dass es nicht nur um Rücksichtnahme ging.
लेकिन ग्रेगर को एहसास हुआ कि यह सिर्फ़ सोच-विचार नहीं था।

Etwas anderes hielt sie davon ab, woanders hinzuziehen.
किसी और चीज़ ने उन्हें कहीं और जाने से रोक दिया।

Er hätte problemlos in einer geeigneten Kiste transportiert werden können.
उसे आसानी से सही बॉक्स में ले जाया जा सकता था।

Ihre Gefühle völliger Hoffnungslosigkeit hielten sie zurück.
पूरी तरह से निराश होने की भावना ने उन्हें पीछे खींच लिया।

Sie wollten sich nicht eingestehen, dass sie vom Unglück getroffen worden waren.
वे यह मानना नहीं चाहते थे कि उन पर मुसीबत आ गई है।

Was die Welt von armen Menschen verlangt, das haben sie erfüllt.
दुनिया गरीब लोगों से जो मांगती है, वे उसे पूरा करते हैं।

Der Vater holte dem kleinen Bankangestellten das Frühstück.
पिता छोटे बैंक क्लर्क के लिए नाश्ता ले आए।

Die Mutter opferte sich für die Wäsche von Fremden auf.
माँ ने अजनबियों के कपड़े धोने के लिए खुद को कुर्बान कर दिया।

Die Schwester rannte hin und her, um die Bestellungen der Kunden aufzunehmen.
बहन ग्राहकों के ऑर्डर के लिए इधर-उधर भागती रही।

Aber sie hatten einfach nicht mehr die Kraft, irgendetwas weiter zu tun.
लेकिन उनमें और कुछ करने की ताकत नहीं थी।

Die Wunde in Gregors Rücken schmerzte nun noch mehr.
ग्रेगर की पीठ का घाव और भी ज़्यादा दुखने लगा।

Jeden Abend brachten Mutter und Schwester den Vater ins Bett.
हर रात माँ और बहन पिता को बिस्तर पर ले जाती थीं।

Sie ließen ihre Arbeit liegen und setzten sich zusammen.
उन्होंने अपना काम वहीं छोड़ दिया और साथ बैठ गए।

Und sie rückten näher zusammen und saßen Wange an
Wange.
और वे एक दूसरे के और करीब आ गए, और गाल से गाल सटाकर बैठ गए।

Die Mutter zeigte auf das Zimmer, von dem aus er zusah.
माँ ने उस कमरे की ओर इशारा किया जहाँ से वह देख रहा था।

"Würdest du die Tür schließen?", fragte sie die Schwester.
"क्या आप दरवाज़ा बंद कर देंगे," उसने बहन से पूछा।

Und dann war Gregor wieder allein in der Dunkelheit.
और फिर ग्रेगर फिर से अंधेरे में अकेला रह गया।

Und im Nebenzimmer vermischten die Frauen ihre Tränen.
और अगले कमरे में उस औरत ने उनके आंसू मिला दिए।

Oder sie saßen mit trockenen Augen da und starrten einfach
nur auf den Tisch.
या फिर वे आँखें मूंदकर बैठे रहे, बस टेबल को घूरते रहे।

Gregor schlief kaum, weder nachts noch tagsüber.
ग्रेगर मुश्किल से ही सोता था, न रात को, न दिन को।

Er dachte oft darüber nach, wie er der Familie helfen könnte.
वह अक्सर सोचता था कि वह परिवार की मदद कैसे कर सकता है।

Er dachte darüber nach, das Geld wieder für sie zu
verdienen.
उसने उनके लिए फिर से पैसे कमाने के बारे में सोचा।

Er dachte darüber nach, das zu tun, was er früher für sie
getan hatte.
उसने सोचा कि वह उनके लिए वही करे जो वह पहले करता था।

In seinen Gedanken erschien der Bevollmächtigte wieder.
अपने विचारों में डूबा हुआ अधिकृत प्रतिनिधि वापस आ गया।

Und dieses Mal kam auch der Chef in die Wohnung.
और इस बार बॉस भी अपार्टमेंट में आ गया।

Und die Angestellten und die Lehrlinge waren auch da.
और क्लर्क और अप्रेंटिस भी वहां थे।

Sogar der etwas begriffsstutzige Büroangestellte kam, um ihn zu sehen.

यहां तक कि ऑफिस का धीमा दिमाग वाला नौकर भी उससे मिलने आया।

Es waren zwei oder drei Freunde aus anderen Branchen dabei.

दूसरे बिज़नेस से दो-तीन दोस्त भी थे।

Eine der Zimmermädchen aus einem Hotel in der Provinz.

प्रांतों के एक होटल की एक नौकरानी।

Eine kostbare und flüchtige Erinnerung, an der er festzuhalten versuchte.

एक प्यारी और पल भर की याद जिसे वह संभालकर रखने की कोशिश कर रहा था।

Eine Kassiererin aus einem Hutgeschäft, für die er Absichten hatte.

एक टोपी की दुकान का कैशियर जिसके लिए उसके इरादे थे।

Doch er war etwas zu langsam gewesen, um ihre Zustimmung zu gewinnen.

लेकिन वह उसकी मंज़ूरी पाने में थोड़ा धीमा था।

Sie alle tauchten in seinen Gedanken auf, vermischt mit Fremden.

वे सभी उसके विचारों में अजनबियों के साथ मिले-जुले दिखाई दिए।

Und andere erschienen nicht; sie waren bereits vergessen.

और दूसरे लोग दिखाई नहीं दिए; उन्हें पहले ही भुला दिया गया था।

Aber sie halfen weder ihm noch seiner Familie.

लेकिन उन्होंने न तो उसकी मदद की और न ही परिवार की।

Sie waren unzugänglich, und er war froh, als sie weg waren.

वे पहुँच से बाहर थे, और जब वे चले गए तो वह खुश हुआ।

Er war nicht immer in der Stimmung, sich Sorgen um die Familie zu machen.

वह हमेशा परिवार की चिंता करने के मूड में नहीं रहता था।

Und er war voller Wut über die mangelnde Aufmerksamkeit.

और ध्यान न मिलने से वह गुस्से से भर गया।

Und er konnte sich nichts vorstellen, worauf er Appetit
hätte.
और वह ऐसी किसी चीज़ की कल्पना नहीं कर सकता था जिसके लिए उसे
भूख थी।

Doch er schmiedete trotzdem Pläne, in die Speisekammer
einzubrechen.
लेकिन फिर भी उसने पेंट्री में घुसने का प्लान बनाया।

Und er würde sich alles nehmen, was ihm zustand.
और वह वह सब कुछ लेने जा रहा था जिसका वह हकदार था।

Die Schwester bemühte sich nicht mehr besonders um ihn.
बहन ने अब उसके लिए कोई खास कोशिश नहीं की।

Sie verschwendete keine Zeit mehr damit, darüber
nachzudenken, wie sie ihm gefallen könnte.
अब वह उसे खुश करने के बारे में सोचने में समय नहीं बिताती थी।

Vor der Arbeit schob sie schnell etwas zu essen ins Zimmer.
काम से पहले उसने जल्दी से कुछ खाना कमरे में रख दिया।

Und am Abend kehrte sie die Essensreste schnell wieder
zusammen.
और शाम को उसने जल्दी से खाना फिर से साफ़ कर दिया।

Ob er gegessen hatte oder nicht, bemerkte sie nicht mehr.
उसने खाना खाया या नहीं, इस बात पर अब उसे ध्यान नहीं रहा।

In den meisten Fällen blieb das Essen nun unberührt.
अब अक्सर खाना बिना छुए ही रह जाता था।

Abends huschte sie immer noch schnell durch den Raum.
वह शाम को भी जल्दी-जल्दी कमरे में झाड़ू लगाती थी।

Doch nun tat sie nur das Nötigste, und zwar so schnell wie
möglich.
लेकिन अब उसने जितना हो सके, कम से कम काम किया।

An den Mauern zogen sich Spuren von Schmutz entlang.
दीवारों पर गंदगी की लकीरें फैली हुई थीं।

Auf dem Boden lagen Staub- und Müllklumpen.
फ़र्श पर धूल और कचरे के गोले पड़े थे।

Gregor missbilligte ihre Nachlässigkeit.

ग्रेगर ने उसकी लापरवाही पर अपनी नाराज़गी दिखाई।

Er drehte sich in einem besonders markanten Winkel.
उसने खुद को एक खास एंगल पर घुमाया।

Aber er hätte wochenlang in dieser Position bleiben können.
लेकिन वह कई हफ़्तों तक इस पद पर रह सकते थे।

Seine Schwester hätte seine Unzufriedenheit nicht bemerkt.
उसकी बहन को उसकी नाराज़गी का पता नहीं चला होगा।

Sie sah den Dreck genauso gut wie er, wenn nicht sogar besser.
वह भी गंदगी को उतनी ही अच्छी तरह देखती थी, अगर उससे बेहतर नहीं तो।

Aber sie hatte beschlossen, den Dreck dort zu lassen, wo er war.
लेकिन उसने गंदगी को वहीं छोड़ने का फैसला कर लिया था।

Damals entwickelte sie eine völlig neue Sensibilität.
उस समय उन्होंने पूरी तरह से नई सेंसिटिविटी अपनाई।

Sie hatte es sich zur Aufgabe gemacht, Gregors Zimmer zu reinigen.
उसने ग्रेगर के कमरे की सफाई को अपनी ज़िम्मेदारी बना लिया था।

Die Familie war von ihrer freundlichen Rücksichtnahme sehr berührt.
परिवार उसकी दयालु सोच से बहुत खुश हुआ।

Einst hatte die Mutter sein Zimmer gründlich gereinigt.
एक बार माँ ने उसके कमरे की अच्छी तरह सफाई करवाई थी।

Erst nachdem sie mehrere Eimer Wasser verbraucht hatte, gelang es ihr.
कुछ बाल्टियाँ पानी इस्तेमाल करने के बाद ही उसे सफलता मिली।

Die neu aufgetretene Feuchtigkeit im Zimmer schadete Gregor jedoch.
हालाँकि, कमरे में नई नमी ने ग्रेगर को नुकसान पहुँचाया।

Und er lag breitbeinig, verbittert und regungslos auf dem Sofa.
और वह सोफे पर चौड़ा, कड़वा और बिना हिले-डुले पड़ा रहा।

Doch das war nur ihre erste Strafe für ihre Hilfeleistung.

लेकिन मदद करने के लिए यह उसकी पहली सज़ा थी।

Die Schwester bemerkte schnell die Veränderung in Gregors Zimmer.
बहन ने ग्रेगर के कमरे में हुए बदलाव को तुरंत नोटिस कर लिया।

Und sie rannte, zutiefst beleidigt, ins Wohnzimmer.
और वह बहुत बेइज्जत होकर लिविंग रूम में भाग गई।

Ihre Mutter hob die Hände und versuchte, sie zu beschwören.
उसकी माँ ने हाथ उठाकर उससे विनती की।

Doch trotz einer aufrichtigen Erklärung brach sie in Tränen aus.
लेकिन ईमानदारी से समझाने के बावजूद, वह फूट-फूट कर रोने लगी।

Der Vater erschrak natürlich und fuhr aus seinem Stuhl hoch.
पिता जी बेशक चौंककर अपनी कुर्सी से उठ खड़े हुए।

Und die beiden Eltern schauten fassungslos und hilflos zu.
और दोनों माता-पिता हैरान और बेबस होकर देखते रहे।

Und schließlich gerieten auch ihre Gefühle in Aufruhr.
और आखिरकार उनकी भावनाएं भी उत्तेजित हो गईं।

Der Vater warf der Mutter vor, was sie getan hatte.
पिता ने माँ को उसके किए के लिए डांटा।

"Du hättest das Zimmer Grete zum Putzen überlassen sollen."
"आपको कमरा ग्रीट को साफ करने के लिए छोड़ देना चाहिए था।"

Grete schrie die Mutter an, weil sie sein Zimmer aufgeräumt hatte.
ग्रेटे ने अपना कमरा साफ करने के लिए माँ पर चिल्लाया।

„Du darfst sein Zimmer nie wieder putzen!"
"तुम्हें फिर कभी उसका कमरा साफ़ करने की इजाज़त नहीं है!"

Die Mutter versuchte, den Vater ins Schlafzimmer zu zerren.
माँ ने पिता को बेडरूम में खींचने की कोशिश की।

Die Schwester blieb zitternd und schluchzend im Zimmer zurück.

बहन कमरे में कांपती और रोती हुई रह गई।

Und sie hämmerte mit ihren kleinen Fäustchen auf den Tisch.
और उसने अपनी छोटी मुट्ठियों से मेज पर ज़ोर से मारा।

Und Gregor zischte sie alle lautstark vor Wut an.
और ग्रेगर ने उन सब पर गुस्से में ज़ोर से फुफकारा।

Warum war niemand auf die Idee gekommen, ihm die Tür zu schließen?
किसी ने उसके लिए दरवाज़ा बंद करने के बारे में क्यों नहीं सोचा?

Sie hätten ihm diesen Anblick und Lärm ersparen können.
वे उसे इस नज़ारे और शोर से बचा सकते थे।

Die Schwester war erschöpft, als sie von der Arbeit nach Hause kam.
काम से घर आने के बाद बहन थक गई थी।

Und die Betreuung von Gregor bedeutete für sie noch mehr Arbeit.
और ग्रेगर की देखभाल करना उसके लिए और भी ज़्यादा काम था।

Das bedeutete aber nicht, dass die Mutter es hätte tun sollen.
लेकिन इसका मतलब यह नहीं था कि मां को ऐसा करना चाहिए था।

Gregor hingegen sollte nicht vernachlässigt werden.
दूसरी ओर, ग्रेगर को नज़रअंदाज़ नहीं किया जाना चाहिए।

Aber jetzt hatten sie ein neues Dienstmädchen, das solche Dinge tun konnte.
लेकिन अब उनके पास एक नई नौकरानी थी जो ऐसे काम कर सकती थी।

Eine ältere Witwe mit kräftigem Knochenbau.
एक बुज़ुर्ग विधवा जिसकी हड्डियाँ मज़बूत थीं।

Eine Statur, die ihr half, ihr schwieriges Leben zu überstehen.
एक ऐसा कद जिसने उसे मुश्किल ज़िंदगी जीने में मदद की।

Sie hatte keine wirkliche Abneigung gegen Gregors Erscheinung.
ग्रेगर के लुक से उसे कोई खास नफ़रत नहीं थी।

Sie hatte versehentlich die Tür zu Gregors Zimmer geöffnet.

उसने गलती से ग्रेगर के कमरे का दरवाज़ा खोल दिया था।

Es geschah nicht aus besonderer Neugierde bezüglich des Zimmers.
यह कमरे के बारे में किसी खास जिज्ञासा की वजह से नहीं था।

Sie tat lediglich ihre Arbeit und öffnete dabei zufällig die Tür.
वह बस अपना काम कर रही थी, और अचानक दरवाज़ा खुल गया।

Gregor war natürlich völlig überrascht von ihr.
ग्रेगर, बेशक, उससे पूरी तरह हैरान था।

Er wurde nicht verfolgt, aber er rannte hin und her.
उसका पीछा नहीं किया जा रहा था, लेकिन वह आगे-पीछे भाग रहा था।

Und sie verschränkte einfach die Arme und sah ihm beim Krabbeln zu.
और वह बस अपने हाथ मोड़कर उसे रेंगते हुए देखती रही।

Seitdem hat sie ihm immer einen Spaltbreit die Tür geöffnet.
तब से, वह हमेशा उसके लिए दरवाज़ा थोड़ा खोलती थी।

Eines Morgens schaute sie nach ihm, um zu sehen, wie es ihm ging.
एक बार सुबह उसने अंदर जाकर देखा कि वह कैसा है।

Und am Abend sah sie nach ihm, bevor sie ging.
और शाम को जाने से पहले उसने उसका हालचाल पूछा।

Zuerst versuchte sie auch, ihn zu sich zu rufen.
पहले तो उसने भी उसे अपने पास बुलाने की कोशिश की।

„Komm her, du alter Mistkäfer!", pflegte sie zu sagen.
वह कहती थी, "इधर आओ, बूढ़े गोबर के कीड़े!"

Oder sie sagte freundlich: „Schau dir den alten Mistkäfer an!"
या उसने दोस्ताना अंदाज़ में कहा, "बूढ़े गोबर के कीड़े को देखो!"

Gregor reagierte nie darauf, wenn man so mit ihm sprach.
ग्रेगर ने कभी भी इस तरह से बात किए जाने पर जवाब नहीं दिया।

Er blieb stehen, ohne sich zu rühren, und ignorierte sie.
वह वहीं बिना हिले-डुले खड़ा रहा और उसे अनदेखा करता रहा।

„Wenn man ihr doch nur gesagt hätte, wie man ihre Arbeit richtig macht."
"काश उसे बताया गया होता कि उसे अपना काम ठीक से कैसे करना है।"

„Anstatt mich zu belästigen, sollte sie lieber mein Zimmer aufräumen."
"मुझे परेशान करने के बजाय उसे मेरा कमरा साफ़ करना चाहिए।"

Eines Morgens prasselte ein heftiger Regenguss gegen die Fenster.
एक बार सुबह-सुबह तेज़ बारिश की बूंदें खिड़कियों पर पड़ीं।

Vielleicht war der Regen bereits ein Zeichen für den kommenden Frühling.
शायद बारिश पहले से ही आने वाले वसंत का संकेत थी।

Das Dienstmädchen begann wieder auf diese Weise mit ihm zu sprechen.
नौकरानी ने एक बार फिर उससे उसी तरह बात करना शुरू कर दिया।

Gregor war so verbittert, dass er sich umdrehte und ihr ins Gesicht sah.
ग्रेगर इतना क्रोधित हो गया कि उसने उसका सामना किया।

Er war langsam und gebrechlich, aber es war eine Art Angriff.
वह धीमा और कमज़ोर था, लेकिन यह एक तरह का अटैक था।

Das Dienstmädchen hingegen hatte überhaupt keine Angst vor Gregor.
हालाँकि, नौकरानी ग्रेगर से बिल्कुल भी नहीं डरती थी।

Stattdessen hob sie einen Stuhl hoch, der in der Nähe der Tür stand.
इसके बजाय, उसने दरवाज़े के पास रखी एक कुर्सी उठा ली।

Und sie stand da, ganz ruhig, mit weit geöffnetem Mund.
और वह वहाँ शांति से, अपना मुँह खोले खड़ी रही।

Ihre Absichten waren klar, das konnte sogar Gregor erkennen.
उसके इरादे साफ़ थे, ग्रेगर भी यह देख सकता था।

Und er drehte sich langsam um und kehrte zu seinem ursprünglichen Platz zurück.

और वह धीरे-धीरे घूमकर अपनी असली जगह पर आ गया।

"Sie wollen also nicht näher kommen, oder?"
"तो फिर आप और पास नहीं आना चाहते, है ना?"

Und sie stellte den Stuhl leise wieder in die Ecke.
और उसने चुपचाप कुर्सी वापस कोने में रख दी।

Gregor aß kaum noch etwas.
ग्रेगर अब मुश्किल से ही कुछ खा रहा था।

Manchmal blieb er bei seinen Rundgängen im Zimmer stehen.
कभी-कभी, कमरे में घूमते हुए, वह रुक जाता था।

Und er befand sich neben dem für ihn zubereiteten Essen.
और उसने खुद को उसके लिए तैयार किए गए खाने के पास पाया।

Er steckte sich das Essen in den Mund, aber nur, um damit zu spielen.
उसने खाना अपने मुंह में डाला, लेकिन सिर्फ उसके साथ खेलने के लिए।

Und nicht selten spuckte er es nach ein paar Stunden wieder aus.
और अक्सर वह कुछ घंटों के बाद फिर से वही बात उगल देता था।

Er versuchte, einen Grund für seinen Appetitverlust zu finden.
उसने अपनी भूख न लगने का कारण जानने की कोशिश की।

Vielleicht, weil er mit dem Zustand seines Zimmers unzufrieden war.
शायद इसलिए क्योंकि वह अपने कमरे की हालत से दुखी था।

Aber er hatte sich mit den Veränderungen im Raum abgefunden.
लेकिन वह कमरे में हो रहे बदलावों को स्वीकार कर चुका था।

In letzter Zeit hatte sich sein Zimmer in eine Art Abstellraum verwandelt.
हाल ही में उनका कमरा एक तरह का स्टोरेज रूम बन गया था।

Sie hatten sich angewöhnt, Dinge dort liegen zu lassen.
उन्हें वहां चीजें छोड़ने की आदत हो गई थी।

Und nun lagen noch viele solcher Dinge in seinem Zimmer.
और अब उसके कमरे में ऐसी बहुत सी चीजें बची हुई थीं।

Weil ein Zimmer der Wohnung vermietet worden war.
क्योंकि अपार्टमेंट का एक कमरा किराए पर दिया गया था।

Drei ernsthafte Herren mieteten das Zimmer gemeinsam.
तीन ईमानदार सज्जन एक साथ कमरा किराए पर ले रहे थे।

Gregor hat sie einmal durch einen Türspalt erblickt.
एक बार ग्रेगर ने उन्हें दरवाज़े की दरार से देखा।

Sie trugen Vollbärte und waren penibel gekleidet.
उनकी दाढ़ी पूरी थी और वे बहुत अच्छे कपड़े पहने हुए थे।

Sie achteten penibel darauf, dass alles ordentlich blieb.
वे हर चीज़ को साफ़-सुथरा रखने का बहुत ध्यान रखते थे।

Ihr Hang zur Ordnung beschränkte sich nicht nur auf ihr Zimmer.
साफ़-सफ़ाई पर उनका ज़ोर सिर्फ़ उनके कमरे तक ही सीमित नहीं रहा।

Die gesamte Wohnung musste tadellos sauber gehalten werden.
पूरे अपार्टमेंट को पूरी तरह से साफ़ रखना था।

Sie legten sogar noch mehr Wert auf das Aussehen der Küche.
वे इस बात को लेकर और भी ज़्यादा परेशान थे कि किचन कैसा दिखता है।

Und unnötigen Unrat konnten sie nicht dulden.
और वे कोई भी फालतू की गड़बड़ी बर्दाश्त नहीं कर सकते थे।

Sie hatten auch ihre eigenen Möbel mitgebracht.
वे अपने साथ अपना फर्नीचर भी लाए थे।

Aus diesem Grund waren viele Dinge überflüssig geworden.
इस कारण से कई चीजें फालतू हो गई थीं।

Das waren Dinge, für die niemand Geld bezahlen würde.
ये ऐसी चीजें थीं जिनके लिए कोई भी पैसे नहीं देगा।

Die Familie wollte diese Dinge aber auch nicht wegwerfen.
लेकिन परिवार भी इन चीज़ों को छोड़ना नहीं चाहता था।

All diese Dinge landeten irgendwo in Gregors Zimmer.

ये सारी चीजें कहीं न कहीं ग्रेगर के कमरे में चली गई।

Der Aschenbecher aus der Küche stand nun in seinem Zimmer.
किचन से राख का डिब्बा अब उसके कमरे में रखा था।

Und der Müll wurde bis zum Abholtag in seinem Zimmer aufbewahrt.
और कचरा कचरा दिन तक उसके कमरे में रखा गया।

Das Dienstmädchen warf alles, was sie nicht brauchte, in sein Zimmer.
नौकरानी ने जो भी चीज़ें ज़रूरत नहीं थीं, उन्हें उसके कमरे में फेंक दिया।

Zum Glück sah er nichts weiter als die Hand und den Gegenstand.
खुशकिस्मती से उसे हाथ और चीज़ के अलावा और कुछ नहीं दिखा।

Sie hatte wahrscheinlich vor, die Sachen später abzuholen.
शायद वह बाद में चीज़ों के लिए वापस आना चाहती थी।

Oder vielleicht wollte sie einfach alles auf einmal wegwerfen.
या शायद वह एक ही बार में सब कुछ फेंक देना चाहती थी।

Doch alles blieb dort, wo es ursprünglich gelandet war.
हालाँकि, सब कुछ वहीं रहा जहाँ वह पहले पहुँचा था।

Es sei denn, Gregor bewegte den Schrott, indem er sich hindurchzwängte.
जब तक ग्रेगर ने कबाड़ को इधर-उधर करके नहीं हटाया।

Zuerst musste er sich durch den ganzen Schrott hindurchkriechen.
पहले तो उसे सारे कबाड़ में से रेंगकर जाना पड़ा।

Es gab für ihn keine Möglichkeit, dies zu vermeiden.
उसके लिए ऐसा करने से बचने का कोई रास्ता नहीं था।

Später fand er jedoch tatsächlich Freude an dieser Tätigkeit.
लेकिन बाद में उन्हें इस काम में सच में मज़ा आने लगा।

Diese Anstrengung hinterließ ihn jedoch traurig und zutiefst erschöpft.
हालांकि इस कोशिश से वह दुखी और बहुत थक गया।

Und danach war er viele Stunden lang bewegungsunfähig.
और उसके बाद वह कई घंटों तक हिल नहीं पाया।

Die Untermieter aßen manchmal im Wohnzimmer.
किरायेदार कभी-कभी लिविंग रूम में खाना खाते थे।

Die Wohnzimmertür blieb an diesen Abenden geschlossen.
उन शामों को लिविंग रूम का दरवाज़ा बंद रहता था।

Gregor hatte aber keine Schwierigkeiten, die Tür jetzt nicht
zu öffnen.
लेकिन अब ग्रेगर को दरवाज़ा न खोलने में कोई परेशानी नहीं हुई।

Selbst wenn die Tür offen war, schaute er nicht immer
hinaus.
दरवाज़ा खुला होने पर भी वह हमेशा बाहर नहीं देखता था।

Doch er legte sich in die dunkelste Ecke des Zimmers.
लेकिन वह कमरे के सबसे अंधेरे कोने में लेट गया।

Auch der Familie fiel seine mangelnde Aufmerksamkeit
nicht auf.
परिवार ने भी उसके ध्यान की कमी पर ध्यान नहीं दिया।

Doch einmal ließ das Dienstmädchen die Tür offen.
लेकिन एक बार नौकरानी ने दरवाज़ा खुला छोड़ दिया।

Die Tür blieb auch dann offen, als die Mieter
zurückkehrten.
किरायेदारों के लौटने पर भी दरवाज़ा खुला रहा।

Und die Tür war offen, als das Licht eingeschaltet wurde.
और जब लाइट जलाई गई तो दरवाज़ा खुला था।

Der Mann saß an dem Tisch, an dem die Familie zu Abend
aß.
वह आदमी उस टेबल पर बैठा था जहाँ परिवार खाना खा रहा था।

Vater, Mutter und Gregor saßen dort in früheren Zeiten.
पहले के समय में पिता, माता और ग्रेगर वहां बैठते थे।

Sie entfalteten die Servietten und nahmen Messer und
Gabeln.
उन्होंने नैपकिन खोले और चाकू-कांटे ले लिए।

Die Mutter erschien mit einer Schüssel Fleisch in der Tür.

माँ मांस का कटोरा लेकर दरवाज़े पर प्रकट हुई।

Dann kam die Schwester mit einer Schüssel voller Kartoffeln herein.
तभी बहन आलू से भरा कटोरा लेकर अंदर आई।

Die Untermieter beugten sich über die vor ihnen aufgestellten Schüsseln.
किरायेदार अपने सामने रखे कटोरों पर झुक गए।

Der dichte Rauch des Essens stieg ihnen bis in die Nasen.
खाने का भारी धुआँ उनकी नाक तक पहुँच गया।

Aber sie hatten noch nicht entschieden, ob sie das Essen essen würden.
लेकिन उन्होंने अभी तक यह तय नहीं किया था कि वे खाना खाएंगे या नहीं।

Vielleicht würden sie das Essen zurück in die Küche schicken.
शायद वे खाना वापस किचन में भेज देंगे।

Der Mann in der Mitte schien die Autoritätsperson zu sein.
बीच में बैठा आदमी अथॉरिटी लग रहा था।

Er schnitt das Fleisch an, um festzustellen, ob es zart genug war.
उसने यह देखने के लिए मांस काटा कि वह काफी नरम है या नहीं।

Er war zufrieden mit dem Geruch und Aussehen des Essens.
वह खाने की खुशबू और लुक से खुश था।

Die Mutter und die Schwester hatten sie ängstlich beobachtet.
माँ और बहन उन्हें बेचैनी से देख रही थीं।

Und sie begannen zu lächeln, begleitet von einem Seufzer der aufgestauten Erleichterung.
और वे राहत की सांस लेकर मुस्कुराने लगे।

Die Familie selbst wollte in der Küche essen.
परिवार खुद रसोई में खाना खाने जा रहा था।

Doch zuerst ging der Vater nach den Untermietern sehen.
लेकिन पहले पिता किरायेदारों का हालचाल जानने गए।

Er verbeugte sich einmal und hielt dabei seine Arbeitsmütze in der Hand.
उन्होंने एक बार झुककर काम से लौटी अपनी टोपी हाथ में पकड़ी।

Und er ging einmal im Kreis um den Tisch herum, zu jedem Gast.
और वह टेबल के चारों ओर चक्कर लगाते हुए हर मेहमान के पास गया।

Die Untermieter standen alle auf und murmelten in ihre Bärte.
सभी किरायेदार खड़े हो गए और अपनी दाढ़ी में कुछ बुदबुदाने लगे।

Nachdem er gegangen war, aßen sie in fast völliger Stille.
उसके जाने के बाद उन्होंने लगभग पूरी तरह से चुपचाप खाना खाया।

Gregor fand es seltsam, dass er Kaugeräusche hörte.
ग्रेगर को यह अजीब लगा कि वह चबाने की आवाज़ सुन सकता है।

Kein anderer Aspekt des Essens schien Geräusche zu verursachen.
खाने का कोई और पहलू कोई मायने नहीं रखता था।

Aber er konnte deutlich hören, wie Zähne aufeinander knirschten.
लेकिन उसे दांतों की आपस में पीसने की आवाज़ साफ़ सुनाई दे रही थी।

Sie schienen ihm sagen zu wollen, dass er Zähne zum Essen brauche.
ऐसा लग रहा था कि वे उसे बता रहे थे कि उसे खाने के लिए दांतों की ज़रूरत है।

"Ohne Zähne im Kiefer kann man gar nichts machen."
"अगर आपके जबड़े में दांत नहीं हैं तो आप कुछ नहीं कर सकते।"

„Ich möchte etwas essen", sagte Gregor ängstlich.
"मैं कुछ खाना चाहता हूँ", ग्रेगर ने बेचैनी से कहा।

„Aber ich habe keinen Appetit auf das, was ihr alle esst."
"लेकिन आप सब जो खा रहे हैं, उसके लिए मुझे कोई भूख नहीं है।"

„Seht euch an, wie diese Mieter essen, und ich verhungere hier."
"देखो ये किराएदार खा रहे हैं, और मैं यहाँ भूखा मर रहा हूँ।"

Gregor dachte an diesem Abend zufällig an die Geige.

उस शाम ग्रेगर को वायलिन के बारे में ख्याल आया।

Er hatte die Geige seit der Verwandlung nicht mehr gehört.
बदलाव के बाद से उसने वायलिन नहीं सुना था।

Doch dann, an diesem Abend, ertönte ein Geräusch aus der Küche.
लेकिन फिर, आज शाम को, रसोई से एक आवाज़ आई।

Die Herren hatten ihr Abendessen bereits beendet.
सज्जनों ने अपना शाम का खाना पहले ही खत्म कर लिया था।

Der mittlere Herr hatte begonnen, eine Zeitung zu lesen.
बीच वाले सज्जन ने अखबार पढ़ना शुरू कर दिया था।

Den beiden anderen Herren hatte er jeweils ein Blatt gegeben.
उसने बाकी दो लोगों को एक-एक शीट दी थी।

Und nun lehnten sie sich zurück, lasen und rauchten.
और अब वे पीछे झुककर पढ़ रहे थे और सिगरेट पी रहे थे।

Als die Geige zu spielen begann, wurden sie aufmerksam.
जब वायलिन बजने लगा तो वे ध्यान देने लगे।

Sie standen auf und gingen auf Zehenspitzen zur Tür des Vorzimmers.
वे उठे और पंजों के बल चलते हुए एंटरूम के दरवाज़े तक गए।

Hier standen sie eng beieinander und lauschten an der Tür.
वे दरवाज़े पर एक साथ खड़े होकर सुन रहे थे।

Die Familie muss die Männer aus der Küche gehört haben.
परिवार ने ज़रूर किचन से आदमियों की आवाज़ सुनी होगी।

Denn der Vater rief sie und fragte sie:
क्योंकि पिता ने उन्हें पुकार कर पूछा,

"Ist die Geige für die Herren vielleicht unbequem?"
"क्या वायलिन शायद सज्जनों के लिए असुविधाजनक है?"

„Wenn Ihnen die Musik nicht gefällt, können wir sofort aufhören.“
"अगर आपको म्यूज़िक पसंद नहीं है तो हम तुरंत रोक सकते हैं।"

„Im Gegenteil“, sagte der mittlere der beiden Herren.
"इसके विपरीत," सज्जनों के बीच वाले ने कहा।

Möchte die junge Dame in unserem Zimmer Geige spielen?
"क्या वह युवती हमारे कमरे में वायलिन बजाना पसंद करेगी?"

„Hier ist es definitiv viel komfortabler und gemütlicher."
"यहाँ पक्का ज़्यादा आरामदायक और सुकून है।"

Der Vater antwortete, als wäre er selbst der Geiger.
पिता ने ऐसे जवाब दिया जैसे वे खुद वायलिन बजाने वाले हों।

"Oh bitte, das wäre wunderbar", rief der Vater.
"ओह प्लीज़, यह तो बहुत बढ़िया होगा," पिता ने कहा।

Die Herren kehrten ins Wohnzimmer zurück und warteten.
सज्जन लोग लिविंग रूम में लौट आए और इंतज़ार करने लगे।

Bald darauf kam der Vater mit dem Notenständer ins Zimmer.
जल्द ही पिता म्यूज़िक स्टैंड लेकर कमरे में आ गए।

Die Mutter kam mit dem Notenbuch ins Zimmer.
माँ म्यूज़िक बुक लेकर कमरे में आई।

Und die Schwester kam mit der Geige ins Zimmer.
और बहन वायलिन लेकर कमरे में आ गयी।

Sie bereitete in aller Ruhe alles vor, um Geige zu spielen.
उसने शांति से वायलिन बजाने के लिए सब कुछ तैयार किया।

Die Eltern übertrieben ihre Höflichkeit und ihr Benehmen.
माता-पिता ने अपनी विनम्रता और शिष्टाचार को बढ़ा-चढ़ाकर बताया।

Sie hatten zuvor noch nie Zimmer an Untermieter vermietet.
उन्होंने पहले कभी किराएदारों को कमरे किराए पर नहीं दिए थे।

Und sie trauten sich nicht einmal, auf ihren eigenen Stühlen zu sitzen.
और वे अपनी कुर्सियों पर बैठने की भी हिम्मत नहीं कर पाए।

Statt sich hinzusetzen, lehnte sich der Vater gegen die Tür.
बैठने के बजाय पिता दरवाज़े से टिक गए।

Seine rechte Hand befand sich zwischen zwei Knöpfen seines Mantels.
उसका दाहिना हाथ उसके कोट के दो बटनों के बीच था।

Der Mutter wurde jedoch von einem Herrn ein Stuhl angeboten.

हालाँकि, माँ को एक आदमी ने कुर्सी दी।

Aber sie setzte sich an die Stelle, wo der Herr den Stuhl hingestellt hatte.
लेकिन वह वहीं बैठ गई जहां उस आदमी ने कुर्सी रखी थी।

Und er hatte den Stuhl nicht an einem bestimmten Ort aufgestellt.
और उसने कुर्सी को कहीं खास जगह पर नहीं रखा था।

So saß die Mutter abseits von allen anderen in einer Ecke.
इसलिए माँ सबसे अलग एक कोने में बैठ गई।

Und schließlich begann die Schwester Geige zu spielen.
और आखिरकार बहन ने वायलिन बजाना शुरू कर दिया।

Die Eltern auf den gegenüberliegenden Seiten beobachteten das Geschehen aufmerksam.
दोनों तरफ के माता-पिता ने इस पर पूरा ध्यान दिया।

Und sie beobachteten jede Bewegung ihrer Hand genau.
और उन्होंने उसके हाथ की हर हरकत को ध्यान से देखा।

Gregor war auch vom Geigenspiel fasziniert.
ग्रेगर को वायलिन बजाने में भी रुचि थी।

Und er wagte sich ein Stück weiter aus seinem Zimmer hinaus.
और वह अपने कमरे से थोड़ा आगे निकल गया।

Er hatte den Kopf schon im Wohnzimmer.
वह पहले से ही लिविंग रूम में था।

Er war stets sehr stolz darauf, besonders rücksichtsvoll zu sein.
वह बहुत विचारशील होने पर बहुत गर्व महसूस करता था।

Doch in letzter Zeit hinterfragte er seine Nachlässigkeit kaum noch.
लेकिन हाल ही में उन्होंने अपनी लापरवाही पर शायद ही कोई सवाल उठाया हो।

Auch wenn er jetzt mehr Grund hatte, sich zu verstecken als zuvor.
हालांकि अब उसके पास छिपने के लिए पहले से ज़्यादा कारण थे।

Weil sein Zimmer mit Staub und allerlei Schmutz bedeckt war.
क्योंकि उसका कमरा धूल और अलग-अलग गंदगी से भरा हुआ था।

Die geringste Bewegung wirbelte allerlei Schmutz auf.
ज़रा सी भी हलचल से हर तरह की गंदगी फैल जाती थी।

Der ganze Dreck klebte an ihm: Staub, Haare, Essensreste.
यह सारी गंदगी उस पर चिपक गई; धूल, बाल, खाने के बचे हुए टुकड़े।

Er hätte den Schmutz am Teppich abreiben können.
वह कालीन पर लगी गंदगी को रगड़ सकता था।

Das tat er mehrmals täglich.
यह काम वह रोज़ कई बार करता था।

Doch seine Gleichgültigkeit gegenüber allem war viel zu groß.
लेकिन हर चीज़ के प्रति उसकी बेपरवाही बहुत ज़्यादा थी।

Deshalb hatte er keine Angst, noch ein Stück weiterzugehen.
इसलिए वह थोड़ा और आगे बढ़ने से नहीं डरता था।

Und er betrat den makellosen Wohnzimmerboden.
और वह लिविंग रूम के साफ़-सुथरे फ़र्श पर चला गया।

Doch niemand bemerkte ihn oder schenkte ihm Beachtung.
हालाँकि, किसी ने भी उस पर ध्यान नहीं दिया, या उस पर कोई ध्यान नहीं दिया।

Die Familie war völlig in das Konzert vertieft.
पूरा परिवार कॉन्सर्ट में पूरी तरह डूबा हुआ था।

Die Herren hingegen zogen sich zunächst zurück.
दूसरी ओर, सज्जन लोग शुरू में पीछे हट गए।

Und sie standen dicht hinter dem Notenständer der Schwester.
और वे बहन के म्यूज़िक स्टैंड के पीछे खड़े हो गए।

Wenn sie hingesehen hätten, hätten sie die Noten sehen können.
अगर उन्होंने देखा होता तो वे म्यूज़िक नोट्स देख सकते थे।

Dies hätte die Schwester natürlich beunruhigt.

बेशक, इससे बहन परेशान हो गई होगी।

Dann blieben sie am Fenster stehen, anstatt sich hinzusetzen.
फिर वे बैठने के बजाय खिड़की के पास खड़े हो गए।

Mit den Händen in den Taschen redeten sie weiter.
वे अपनी जेबों में हाथ डाले बोलते रहे।

Sie blieben dort, während der Vater ängstlich zusah.
वे वहीं खड़े रहे जबकि पिता बेचैनी से देख रहे थे।

Man hatte den Eindruck, dass sie andere Erwartungen hatten.
किसी को ऐसा लगा कि उनकी उम्मीदें कुछ और थीं।

Und es schien wirklich so, als wären sie enttäuscht gewesen.
और ऐसा लग रहा था कि वे सच में निराश हो गए थे।

Es schien, als hätten sie genug von der Vorstellung.
ऐसा लग रहा था कि वे इस परफॉर्मेंस से तंग आ चुके थे।

Sie hatten zugelassen, dass die Geige ihren Frieden störte.
उन्होंने वायलिन को अपनी शांति भंग करने दिया था।

Und sie tolerierten die Musik nur aus Höflichkeit.
और उन्होंने सिर्फ़ तहज़ीब की वजह से म्यूज़िक को बर्दाश्त किया।

Besonders beunruhigend war, wie sie den Rauch wegbliesen.
उन्होंने जिस तरह से धुआं उड़ाया, वह खास तौर पर परेशान करने वाला था।

Und dennoch spielte sie so wunderschön Geige.
और फिर भी वह वायलिन बहुत खूबसूरती से बजा रही थी।

Ihr Gesicht war leicht zur Seite geneigt, auf der Geige.
उसका चेहरा धीरे से एक तरफ झुका हुआ था, वायलिन पर।

Ihr Blick wanderte traurig die Notenlinien entlang.
उसकी आँखें उदास होकर म्यूज़िक की धुनों को ढूंढ रही थीं।

Gregor fühlte sich ein wenig mehr ins Wohnzimmer hineingezogen.
ग्रेगर को लिविंग रूम में थोड़ा और खींचा हुआ महसूस हुआ।

Er hielt den Kopf dicht am Boden, blickte aber nach oben.
उसने अपना सिर ज़मीन से सटाए रखा, लेकिन ऊपर की ओर देखा।

Vielleicht würde sich so der Blick seiner Schwester mit seinem treffen.
शायद इस तरह उसकी बहन की नज़र उसकी आँखों से मिल जाए।

Kann man wirklich sagen, dass er nur ein Tier war?
क्या सचमुच यह कहा जा सकता है कि वह सिर्फ एक जानवर था?

War er etwa ein Tier, wenn ihn Musik so fesseln konnte?
अगर संगीत उसे इतना मोहित कर सकता था तो क्या वह जानवर था?

Er hatte das Gefühl, ihm sei ein Weg zu unbekannter Nahrung gezeigt worden.
उसे ऐसा लगा जैसे उसे अनजान पोषण का रास्ता दिखा दिया गया हो।

Vielleicht war dies die Nahrung, die ihm fehlte.
शायद यही वह सहारा था जिसकी उसे कमी थी।

Er war fest entschlossen, zu seiner Schwester zu gelangen.
वह अपनी बहन के पास जाने का पक्का इरादा कर चुका था।

Er wollte an ihrem Rock zupfen, um ihre Aufmerksamkeit zu erregen.
वह उसका ध्यान खींचने के लिए उसकी स्कर्ट खींचना चाहता था।

Er wollte ihr eine Art Einladung signalisieren.
वह उसे इनविटेशन का इशारा देना चाहता था।

„Komm und spiel Geige in meinem Zimmer“, wollte er sagen.
"आओ और मेरे कमरे में वायलिन बजाओ," वह कहना चाहता था।

Er wollte, dass sie für ihre wunderschöne Musik belohnt wird.
वह चाहते थे कि उन्हें उनके सुंदर संगीत के लिए इनाम मिले।

"Niemand hier belohnt dich dafür, dass du Geige spielst."
"यहां कोई भी आपको वायलिन बजाने के लिए इनाम नहीं दे रहा है।"

Er wollte sie nicht mehr aus seinem Zimmer lassen.
वह अब उसे अपने कमरे से बाहर नहीं जाने देना चाहता था।

Er wollte, dass sie so lange bei ihm blieb, wie er lebte.
वह चाहता था कि जब तक वह जीवित रहे, वह उसके साथ रहे।

Zum ersten Mal hatte seine Verwandlung einen Vorteil.
पहली बार उनके बदलाव से फ़ायदा हुआ।

Seine Missbildung würde ihm nun endlich noch von Nutzen sein.
आखिरकार उसकी यह कमजोरी उसके काम आने वाली थी।

Er wollte gleichzeitig an allen vier Türen sein.
वह एक ही समय में चारों दरवाज़ों पर मौजूद रहना चाहता था।

Er wollte sie von allen Seiten anfauchen und anspucken.
वह हर तरफ से उन पर फुफकारना और थूकना चाहता था।

Seine Schwester sollte nicht gezwungen werden, bei ihm zu bleiben.
उसकी बहन को उसके साथ रहने के लिए मजबूर नहीं किया जाना चाहिए।

Er wollte, dass sie sich freiwillig dafür entschied, bei ihm zu bleiben.
वह चाहता था कि वह अपनी मर्ज़ी से उसके साथ रहना चुने।

Sie wollte sich neben ihn setzen und sich zu ihm hinunterbeugen.
वह उसके बगल में बैठने वाली थी और उस पर झुकने वाली थी।

Und er wollte ihr von der Musikschule erzählen.
और वह उसे म्यूज़िक स्कूल के बारे में बताने वाला था।

Er hatte die feste Absicht, sie auf die Akademie zu schicken.
उनका पक्का इरादा था कि वह उसे अकादमी में भेजें।

Das hätte er allen schon letztes Weihnachten erzählt.
वह पिछले क्रिसमस पर सबको इस बारे में बता देता।

War Weihnachten etwa schon wieder vorbei?
क्या क्रिसमस सच में आकर फिर चला गया?

Und er hätte sich von niemandem davon abbringen lassen.
और वह किसी को भी इससे रोकने नहीं देता।

Doch dann setzte das Unglück allem ein Ende.
लेकिन फिर एक दुर्भाग्यपूर्ण दुर्घटना ने सब कुछ रोक दिया।

Die Schwester wäre von ihren Gefühlen überwältigt gewesen.
बहन भावुक हो गई होगी।

Und dann wäre Gregor bis auf ihre Schulter geklettert.
और फिर ग्रेगर उसके कंधे पर चढ़ जाता।

Und er hätte sie getröstet, indem er ihren Hals geküsst hätte.
और वह उसकी गर्दन को चूमकर उसे दिलासा देता।

„Herr Samsa!", rief der Mann in der Mitte dem Vater zu.
"मिस्टर समसा!" बीच में खड़े आदमी ने पिता को पुकारा।

Er zeigte mit dem Zeigefinger nach unten auf Gregor.
वह अपनी तर्जनी उंगली से ग्रेगर की ओर इशारा कर रहा था।

Gregor bewegte sich langsam über den Wohnzimmerboden.
ग्रेगर धीरे-धीरे लिविंग रूम के फर्श पर चल रहा था।

Das Geigenspiel verstummte sehr schnell.
वायलिन का बजना बहुत जल्दी शांत हो गया।

Der mittlere der drei Männer lächelte seine Freunde an.
तीनों आदमियों में से बीच वाला अपने दोस्तों को देखकर मुस्कुराया।

Dann schüttelte er den Kopf und blickte zurück zu Gregor.
फिर उसने अपना सिर हिलाया और ग्रेगर की ओर देखा।

Der Vater hätte Gregor zurück in sein Zimmer schicken können.
पिता ग्रेगर को ज़बरदस्ती वापस उसके कमरे में भेज सकते थे।

Das war jedoch nicht die erste Maßnahme, zu der er sich entschloss.
लेकिन यह पहला काम नहीं था जिसका उन्होंने फैसला किया।

Er hielt es für wichtiger, die Herren zu beruhigen.
उन्होंने सोचा कि सज्जनों को शांत करना ज़्यादा ज़रूरी है।

Obwohl sie von Gregor eigentlich überhaupt nicht verärgert waren.
हालाँकि वे ग्रेगर से बिल्कुल भी परेशान नहीं थे।

Gregor schien unterhaltsamer als das Geigenspiel.
ग्रेगर वायलिन बजाने से ज़्यादा मनोरंजक लग रहा था।

Er eilte mit ausgestreckten Armen auf sie zu.
वह हाथ फैलाकर उनके पास दौड़ा।

Er gab sein Bestes, um ihren Blick auf Gregor zu verbergen.
वह ग्रेगर के बारे में उनकी सोच को छिपाने की पूरी कोशिश कर रहा था।

Und er versuchte, sie zur Rückkehr in ihr Zimmer zu bewegen.

और उसने उन्हें वापस अपने कमरे में आने के लिए हिम्मत देने की कोशिश की।

Das hat sie eher ein wenig verärgert.
अगर कुछ हुआ भी तो इससे उन्हें थोड़ी चिढ़ हुई।

Es war aber schwer zu sagen, was genau sie störte.
लेकिन यह कहना मुश्किल था कि असल में उन्हें किस बात से गुस्सा आया।

Der Vater verdarb die abendliche Unterhaltung.
पिता रात का मनोरंजन बिगाड़ रहे थे।

Aber sie hatten auch gerade erst von ihrem neuen Mitbewohner erfahren.
लेकिन उन्हें अपने नए फ्लैटमेट के बारे में भी पता चला था।

Sie hoben die Hände, genau wie der Vater es getan hatte.
उन्होंने अपने हाथ वैसे ही उठाए जैसे पिता ने उठाए थे।

Sie verlangten vom Vater eine sofortige Erklärung.
उन्होंने पिता से तुरंत जवाब मांगा।

Sie zupften unruhig an ihren Bärten, um eine Antwort zu bekommen.
उन्होंने जवाब के लिए बेचैनी से अपनी दाढ़ी खींची।

Und sie bewegten sich rückwärts in ihr Zimmer, aber sehr langsam.
और वे अपने कमरे की ओर पीछे की ओर चले गए, लेकिन बहुत धीरे-धीरे।

Die Unterbrechung hatte die Schwester in eine Trance versetzt.
इस रुकावट से बहन बेहोश हो गई थी।

Sie ließ Geige und Bogen an ihrer Seite herabhängen.
उसने वायलिन और बो को अपनी बगल में लटका दिया।

Und sie blickte auf die Notenblätter, als ob sie immer noch spielen würde.
और उसने शीट म्यूज़िक को ऐसे देखा जैसे वह अभी भी बज रहा हो।

Doch dann zog sie sich plötzlich wieder ins Zimmer zurück.
लेकिन फिर वह अचानक खुद को वापस कमरे में खींच लाई।

Und sie hatte nun das Gefühl, verloren zu sein, überwunden.
और अब वह खो जाने की भावना से उबर चुकी थी।

Sie legte das Musikinstrument auf den Schoß ihrer Mutter.
उसने म्यूज़िकल इंस्टूमेंट अपनी माँ की गोद में रख दिया।

Die Mutter saß schwer atmend auf dem Stuhl.
माँ कुर्सी पर बैठी हुई भारी साँस ले रही थी।

Und dann musste die Schwester ins Nebenzimmer rennen.
और फिर बहन को अगले कमरे में भागना पड़ा।

Sie musste alles für die Herren vorbereiten.
उसे सज्जनों के लिए सब कुछ तैयार करना था।

Sie warf die Decken und Kissen in die Luft.
उसने कंबल और कुशन हवा में उछाल दिए।

Und mit ihren geschickten Händen richtete sie die gesamte Bettwäsche her.
और अपने कुशल हाथों से उसने सारा बिस्तर व्यवस्थित किया।

Sie war schon fertig, bevor die Herren den Raum erreichten.
सज्जनों के कमरे में पहुंचने से पहले ही वह काम खत्म कर चुकी थी।

Und sie verschwand, bevor sie ihnen in die Quere kam.
और वह उनके रास्ते में आने से पहले ही निकल गई।

Der Vater schien von seiner eigenen Sturheit beherrscht zu sein.
ऐसा लग रहा था कि पिता अपनी ही ज़िद में जकड़े हुए थे।

Und so vergaß er jeglichen Respekt, den er seinen Mietern schuldete.
और इस तरह वह अपने किराएदारों के प्रति अपना सारा सम्मान भूल गया।

Er drängte und drängte, bis deren Sprecher Einspruch erhob.
वह तब तक धक्का देते रहे जब तक उनके स्पोक्सपर्सन ने एतराज़ नहीं किया।

Als er die Tür erreichte, stampfte er wütend mit dem Fuß auf.
जब वह दरवाज़े पर पहुँचा तो उसने गुस्से में पैर पटका।

Und damit brachte er den Vater zum Schweigen.
और इस तरह उसने पिता को रोक दिया।

„Hiermit erkläre ich", begann er sich an seinen Vermieter zu wenden.

"मैं यह घोषणा करता हूँ," उसने अपने मकान मालिक से बात करना शुरू किया।

Und er hob die Hand und blickte die ganze Familie an.
और उसने पूरे परिवार की ओर देखते हुए अपना हाथ उठाया।

„Hinsichtlich der widerlichen Zustände im Zimmer;"
"कमरे की खराब हालत के बारे में;"

Und er sorgte dafür, dass alle seinen Worten zuhörten.
और उन्होंने यह पक्का किया कि सभी लोग उनकी बातें सुन रहे हैं।

"Hiermit kündige ich meinen Auszug aus meinem Zimmer."
"मैं यह नोटिस दे रहा हूँ कि मैं अपना कमरा खाली कर दूँगा।"

Und er unterstrich seine Aussage zusätzlich, indem er auf den Boden spuckte.
और उन्होंने ज़मीन पर थूककर अपनी बात को आगे बढ़ाया।

„Auch die Tage, die ich hier gelebt habe, werde ich nicht bezahlen."
"और न ही मैं उन दिनों का भुगतान करूंगा जो मैंने यहां बिताए हैं।"

Mit dieser Rückerstattung war er allerdings nicht ganz zufrieden.
हालाँकि, वह इस रिफंड से पूरी तरह संतुष्ट नहीं थे।

„Und ich werde erwägen, weitere Forderungen an Sie zu stellen."
"और मैं आपके खिलाफ दूसरी मांगें करने पर भी विचार करूंगा।"

„Glauben Sie mir, solche Forderungen lassen sich sehr leicht rechtfertigen."
"मेरा विश्वास करो, ऐसी मांगों को सही ठहराना बहुत आसान होगा।"

Er schwieg und blickte den Vater direkt an.
वह चुप रहा और सीधे पिता की ओर देखने लगा।

Er schien zu erwarten, dass noch etwas passieren würde.
ऐसा लग रहा था कि वह कुछ और होने की उम्मीद कर रहा था।

Tatsächlich hatten seine beiden Freunde sofort die gleiche Idee.
असल में, उसके दो दोस्तों को भी तुरंत यही आइडिया आया।

„Wir stornieren auch unsere Zimmer", sagten sie unisono.

उन्होंने एक साथ कहा, "हम भी अपने कमरे कैंसल कर रहे हैं।"

Dann packte er den Türgriff und schloss die Tür.
फिर उसने दरवाज़े का हैंडल पकड़ा और दरवाज़ा बंद कर दिया।

Und mit einem lauten Knall schlossen sie sich in ihrem Zimmer ein.
और एक ज़ोरदार धमाके के साथ उन्होंने खुद को अपने कमरे में बंद कर लिया।

Der Vater taumelte mit tastenden Händen zu seinem Stuhl.
पिता लड़खड़ाते हुए हाथों से अपनी कुर्सी तक पहुंचे।

Und er ließ sich besiegt in den Stuhl fallen.
और वह हारकर कुर्सी पर गिर पड़ा।

Es sah so aus, als ob er seinen üblichen Abendschlaf halten würde.
ऐसा लग रहा था जैसे वह अपनी रोज़ की शाम की झपकी लेने जा रहा था।

Sein Kopf nickte jedoch fast so, als ob er nicht gestützt würde.
लेकिन उसका सिर ऐसे हिला जैसे उसे सहारा नहीं मिल रहा हो।

Und man konnte sehen, dass er überhaupt nicht schlief.
और यह देखा जा सकता था कि वह बिल्कुल भी नहीं सो रहा था।

Während all dem hatte Gregor sich nicht von der Stelle gerührt.
इस सब के दौरान ग्रेगर अपनी जगह से हिला तक नहीं।

Er befand sich noch immer an der Stelle, wo die Herren ihn zuerst gesehen hatten.
वह अभी भी वहीं था जहां उन लोगों ने उसे पहली बार देखा था।

Selbst wenn er umziehen wollte, fand er es unmöglich.
अगर वह हिलना भी चाहता तो उसे यह नामुमकिन लगता।

Entweder aus Enttäuschung oder aus Hunger.
उसकी निराशा के कारण, या उसकी भूख के कारण।

Er war enttäuscht über das Scheitern seines Plans.
वह अपनी योजना के असफल होने से निराश था।

Und er war geschwächt von dem anhaltenden Hunger, den er verspürte.
और वह लंबे समय तक भूख लगने की वजह से कमज़ोर हो गया था।

Er war sich sicher, dass sich jeden Moment alle gegen ihn wenden würden.
उसे यकीन था कि हर कोई किसी भी पल उसके खिलाफ हो जाएगा।

In Erwartung des unmittelbar bevorstehenden Zusammenbruchs wartete er.
जल्द ही गिरने की इस उम्मीद के साथ वह इंतज़ार करता रहा।

Die Geige begann vom Schoß der Mutter zu rutschen.
वायलिन माँ की गोद से फिसलने लगा।

Mit einem ohrenbetäubenden Geräusch fiel die Geige zu Boden.
एक जोरदार आवाज के साथ वायलिन जमीन पर गिर गया।

Doch selbst dieses plötzliche Krachen ließ ihn nicht erschrecken.
लेकिन इस अचानक हुई आवाज़ से भी वह चौंका नहीं।

„Liebe Eltern", sagte die Schwester, „so kann es nicht weitergehen."
"प्रिय माता-पिता," बहन ने कहा, "यह जारी नहीं रह सकता।"

Und um ihrer Aussage Nachdruck zu verleihen, schlug sie mit der Hand auf den Tisch.
और अपनी बात समझाने के लिए उसने मेज पर हाथ पटका।

"Ich werde den Namen meines Bruders vor diesem Monster nicht aussprechen."
"मैं इस राक्षस के सामने अपने भाई का नाम नहीं लूंगा।"

„Deshalb sage ich es so deutlich wie möglich:"
"इसलिए मैं यह बात साफ-साफ कह रहा हूं:"

„Uns bleibt keine andere Wahl, als dieses Tier loszuwerden."
"हमारे पास इस जानवर से छुटकारा पाने के अलावा कोई चारा नहीं है।"

„Wir haben unser Bestes getan, um dieses Tier zu tolerieren und zu pflegen."
"हमने इस जानवर को बर्दाश्त करने और उसकी देखभाल करने की पूरी कोशिश की।"

„Ich glaube nicht, dass uns irgendjemand auch nur im Geringsten die Schuld geben kann."

"मुझे नहीं लगता कि कोई भी हमें ज़रा भी दोष दे सकता है।"

„Sie hat tausendfach Recht", stimmte der Vater zu.
"वह हजार बार सही कहती है," पिता ने सहमति जताई।

Die Mutter hatte noch immer nicht wieder richtig Luft
bekommen.
माँ की साँस अभी भी पूरी तरह से ठीक नहीं हुई थी।

Sie begann dumpf in ihre Hand zu husten und atmete
schwer.
वह अपने हाथ पर धीरे-धीरे खांसने लगी और उसकी सांसें तेज़ हो गईं।

Und in ihren Augen begann sich ein wahnsinniger
Ausdruck abzuzeichnen.
और उसकी आँखों में एक पागलपन भरा भाव उभरने लगा।

Die Schwester eilte zu ihrer Mutter und hielt sich die Stirn.
बहन दौड़कर अपनी मां के पास गई और उनका माथा पकड़ लिया।

Der Vater schien von den Worten der Schwester inspiriert
zu sein.
ऐसा लगा कि पिता बहन की बातों से प्रेरित हुए।

Und seine Gedanken schienen klarer als zuvor.
और उसके विचार पहले से ज़्यादा साफ़ लगने लगे।

Er hörte auf, mit dem Kopf zu nicken, und setzte sich wieder
aufrecht hin.
उसने सिर हिलाना बंद कर दिया और फिर से सीधा बैठ गया।

Und er spielte, in tiefes Nachdenken versunken, mit der
Mütze seines Dieners.
और वह गहरी सोच में डूबा हुआ अपने नौकर की टोपी से खेल रहा था।

Die Teller der Mieter standen noch auf dem Tisch.
किरायेदारों की प्लेटें अभी भी मेज पर थीं।

Und manchmal blickte er zu dem schweigenden Gregor
hinüber.
और वह कभी-कभी चुप ग्रेगर की ओर देखता था।

„Wir müssen versuchen, es loszuwerden", sagte die
Schwester zu ihm.
बहन ने उससे कहा, "हमें इससे छुटकारा पाने की कोशिश करनी चाहिए।"

Die Mutter war zu sehr mit Husten beschäftigt, um
zuzuhören.
माँ खांसने में इतनी बिज़ी थी कि सुन नहीं पाई।

„Das wird euch beide umbringen, ich sehe es schon
kommen."
"यह तुम दोनों को मार डालेगा, मुझे पहले से ही इसका अंदाज़ा है।"

„Wir können nicht alle weiterhin so hart arbeiten wie
bisher."
"हम सब उतनी मेहनत नहीं कर सकते जितनी हम करते हैं।"

„Und jeden Tag müssen wir nach Hause kommen und diese
Qualen erleiden."
"और हर दिन हमें इस टॉर्चर के साथ घर आना पड़ता है।"

„Wir können das nicht mehr ertragen. Ich kann das nicht
mehr ertragen."
"हम इसे और बर्दाश्त नहीं कर सकते। मैं इसे बर्दाश्त नहीं कर सकता।"

In einem letzten Tränenausbruch sank sie ihrer Mutter in
die Arme.
वह आखिरी बार फूट-फूट कर रोते हुए अपनी माँ के पास गिर पड़ी।

Die Tränen rannen ihr über das Gesicht und auf das ihrer
Mutter.
आँसू उसके चेहरे से होते हुए उसकी माँ के चेहरे पर गिर पड़े।

Und mit einer mechanischen Bewegung wischte sie sich die
Tränen weg.
और उसने एक मैकेनिकल मूवमेंट में आँसू पोंछ दिए।

„Mein Kind", sagte der Vater mitfühlend.
"मेरे बच्चे," पिता ने दयालु स्वर में कहा।

In selner Stimme lag tiefes Mitgefühl und Verständnis.
उनकी आवाज़ में गहरी सहानुभूति और समझ थी।

„Aber was sollen wir tun?", gestand er und gab zu, es nicht
zu wissen.
"लेकिन हमें क्या करना चाहिए?" उसने कहा कि उसे नहीं पता।

Die Schwester zuckte nur hilflos mit den Schultern.
बहन ने बेबसी में बस कंधे उचका दिए।

Und ihr anfängliches Selbstvertrauen wich erneut Tränen.

और उसके पहले वाले आत्मविश्वास की जगह फिर से आंसुओं ने ले ली।

„Wenn er uns doch nur verstehen würde", sagte der Vater laut.
"काश वह हमें समझ पाता," पिता ने ज़ोर से कहा।

Und er fragte sich halb, ob Gregor es vielleicht verstanden hatte.
और उसने आधा सवाल किया कि शायद ग्रेगर समझ गया होगा।

Die Schwester schüttelte unter Tränen heftig die Hand.
बहन ने रोते हुए ज़ोर से अपना हाथ हिलाया।

Und so signalisierte sie, dass man diese Idee gar nicht erst in Erwägung ziehen sollte.
और इसलिए उन्होंने इशारा किया कि इस विचार के बारे में नहीं सोचना चाहिए।

„Aber wenn er uns doch nur verstehen würde", wiederholte der Vater.
"लेकिन काश वह हमें समझ पाता," पिता ने दोहराया।

Er schloss die Augen und dachte über die Antwort seiner Schwester nach.
आँखें बंद करके उसने बहन के जवाब पर विचार किया।

"Wenn er verstünde, dass eine Vereinbarung mit ihm getroffen werden könnte."
"अगर वह समझ गया तो उसके साथ समझौता किया जा सकता है।"

„Aber unter den gegebenen Umständen…"
"लेकिन चीज़ें जैसी हैं…"

„Es muss weg!", rief die Schwester, „es ist der einzige Weg."
"इसे जाना ही होगा," बहन चिल्लाई, "यही एकमात्र रास्ता है।"

„Du musst den Gedanken loswerden, dass es Gregor ist."
"आपको यह सोचना छोड़ देना होगा कि यह ग्रेगर है।"

„Dass wir das so lange geglaubt haben, ist unser eigentliches Unglück."
"हमने इतने लंबे समय तक इस पर विश्वास किया, यही हमारी असली बदकिस्मती है।"

„Aber wie kann es Gregor sein?", fragte sie ihren Vater.
"लेकिन यह ग्रेगर कैसे हो सकता है?" उसने अपने पिता से पूछा।

„Er wusste, dass ein solches Tier nicht mit Menschen zusammenleben kann."
"वह जानता था कि ऐसा जानवर इंसानों के साथ नहीं रह सकता।"

„Gregor hätte uns schon längst freiwillig verlassen."
"ग्रेगर तो बहुत पहले ही अपनी मर्ज़ी से हमें छोड़ चुका होता।"

„Das stimmt, dann hätten wir keinen Bruder mehr."
"यह सच है, तब हमारा कोई भाई नहीं होगा।"

„Aber wir könnten weiterleben und sein Andenken ehren."
"लेकिन हम जीना जारी रख सकते हैं और उनकी याद का सम्मान कर सकते हैं।"

„Aber dieses Ungeheuer verfolgt uns und vertreibt unsere Pächter."
"लेकिन यह जानवर हमारा पीछा कर रहा है और हमारे किराएदारों को भगा रहा है।"

„Es will ganz offensichtlich die ganze Wohnung in Besitz nehmen."
"साफ़ है कि वह पूरे अपार्टमेंट पर कब्ज़ा करना चाहता है।"

„Dieses Biest will, dass wir auf der Straße schlafen."
"यह जानवर हमें सड़क पर सुलाना चाहता है।"

"Schau, Vater", rief sie plötzlich, "er bewegt sich schon wieder!"
"देखो, पापा," वह अचानक चिल्लाई, "वह फिर से हिल रहा है!"

Und sie tat etwas, das selbst Gregor nicht verstehen konnte.
और उसने ऐसा काम किया जिसे ग्रेगर भी नहीं समझ सका।

Sie stieß sich von sich selbst ab, als wolle sie die Mutter opfern.
उसने खुद को दूर धकेल दिया, जैसे कि वह माँ की बलि दे रही हो।

Und sie rannte hinter ihrem Vater her, um sich in Sicherheit zu bringen.
और वह किसी तरह की सुरक्षा के लिए अपने पिता के पीछे भागी।

Der Vater war nur deshalb so aufgebracht, weil seine Tochter es war.
पिता सिर्फ़ इसलिए परेशान था क्योंकि उसकी बेटी परेशान थी।

Doch dann stand auch er auf und hob die Arme über sie.
लेकिन फिर वह भी खड़ा हो गया और उसने अपनी बाहें उसके ऊपर उठा लीं।

Gregor hatte jedoch keinerlei Absicht gehabt, irgendjemanden zu erschrecken.
लेकिन ग्रेगर का किसी को डराने का कोई इरादा नहीं था।

Er hatte insbesondere nicht die Absicht, seine Schwester zu erschrecken.
खासकर उसे अपनी बहन को डराने का कोई ख्याल नहीं आया।

Er wollte sich gerade umdrehen und zurück in sein Zimmer gehen.
वह बस अपने कमरे की ओर वापस मुड़ने की कोशिश कर रहा था।

Doch in seinem sich verschlechternden Zustand war selbst das schwierig.
लेकिन उनकी बिगड़ती हालत में यह भी मुश्किल था।

Und er konnte seine Beine nicht mehr vollumfänglich nutzen.
और अब उसके सभी पैर पूरी तरह से काम नहीं कर रहे थे।

Also benutzte er seinen Kopf, um seinen Körper anzuheben und sich umzudrehen.
इसलिए उसने अपने शरीर को ऊपर उठाने और खुद को घुमाने के लिए अपने सिर का इस्तेमाल किया।

Er hielt inne und suchte in der Familie nach deren Zustimmung.
वह रुका और परिवार की मंज़ूरी के लिए इधर-उधर देखने लगा।

Seine guten Absichten schienen erkannt worden zu sein.
ऐसा लगा कि उनके अच्छे इरादे को पहचान लिया गया है।

Seine Bewegung hatte sie nur kurzzeitig erschreckt.
उनका मूवमेंट उनके लिए बस एक पल का शॉक था।

Nun blickten sie ihn alle in unglücklichem Schweigen an.
अब वे सब दुखी होकर चुपचाप उसे देख रहे थे।

Die Mutter lag noch immer erschöpft im Sessel.
माँ अभी भी थकी हुई कुर्सी पर लेटी हुई थी।

Vater und Schwester saßen nebeneinander.

पिता और बहन एक दूसरे के बगल में बैठे थे।

»Vielleicht lassen sie mich jetzt umdrehen«, dachte Gregor.
"शायद अब वे मुझे वापस जाने देंगे," ग्रेगर ने सोचा।

Und er setzte seine unbeholfene Drehbewegung fort.
और वह अजीब तरह से मुड़ता रहा।

Er konnte die gelegentlichen Atemzüge der Anstrengung
nicht unterdrücken.
वह कभी-कभी होने वाली मेहनत की सांसों को रोक नहीं पाता था।

Und er war gezwungen, zwischendurch ein paar Mal Pausen
einzulegen.
और बीच में उन्हें कुछ बार आराम करने के लिए मजबूर होना पड़ा।

Niemand drängte ihn jetzt zur Eile; es lag ganz bei ihm.
अब कोई भी उसे जल्दी करने के लिए मजबूर नहीं कर रहा था; यह उस पर
छोड़ दिया गया था।

Schließlich vollendete er die langsame und schmerzhafte
Drehung.
आखिरकार उसने धीमा और दर्दनाक टर्न पूरा किया।

Er machte sich sofort auf den Weg zurück in sein Zimmer.
वह तुरंत अपने कमरे की ओर चलने लगा।

Er war erstaunt darüber, wie weit er von seinem Zimmer
entfernt war.
वह इस बात से हैरान था कि वह अपने कमरे से कितनी दूर था।

Wie war er trotz seiner Schwäche zuvor dorthin gelangt?
अपनी कमजोरी के बावजूद वह वहां पहले कैसे पहुंच गया था?

Er war fast denselben Weg gegangen, ohne es zu bemerken.
वह बिना ध्यान दिए लगभग उसी रास्ते से गुज़रा था।

Er konzentrierte sich jetzt nur noch darauf, so schnell wie
möglich zu krabbeln.
अब वह बस जितनी तेज़ी से हो सके, रेंगने पर ध्यान दे रहा था।

Das Ausbleiben von Kommentaren störte ihn nicht.
किसी के कमेंट्स न आने से उन्हें कोई परेशानी नहीं हुई।

Erst als er schon in der Tür war, drehte er den Kopf.
जब वह दरवाज़े के अंदर आ गया, तभी उसने अपना सिर घुमाया।

Aber er konnte sich nicht vollständig umdrehen und
zurückblicken.
लेकिन वह पूरी तरह से पीछे मुड़कर नहीं देख पाया।

Denn er spürte, wie sich sein Nacken beim Umdrehen noch
mehr versteifte.
क्योंकि जैसे ही वह मुड़ा, उसे अपनी गर्दन और भी ज़्यादा अकड़ती हुई महसूस
हुई।

Doch er sah, dass sich hinter ihm ohnehin nichts verändert
hatte.
लेकिन उसने देखा कि उसके पीछे वैसे भी कुछ नहीं बदला था।

Der einzige Unterschied war, dass seine Schwester
aufgestanden war.
फ़र्क सिर्फ़ इतना था कि उसकी बहन खड़ी हो गई थी।

Sein letzter Blick verriet ihm, dass seine Mutter
eingeschlafen war.
आखिरी नज़र में पता चला कि उसकी माँ सो गई थी।

Sobald er in seinem Zimmer war, wurde die Tür
geschlossen.
जैसे ही वह अपने कमरे के अंदर गया, दरवाज़ा बंद कर दिया गया।

Und sobald die Tür geschlossen war, wurde der Schrank
verriegelt.
और जैसे ही दरवाज़ा बंद हुआ, बोल्ड लॉक हो गया।

Gregor erschrak über das unerwartete Geräusch hinter ihm.
ग्रेगर पीछे से अचानक आई आवाज़ से डर गया।

Und vor lauter Überraschung knickten seine Beine unter
ihm ein.
और अचानक हुए इस सरप्राइज़ से उसके पैर लड़खड़ा गए।

Es war seine Schwester, die hinter ihm zur Tür geeilt war.
यह बहन ही थी जो उसके पीछे दरवाज़े तक दौड़ी थी।

Sie stand bereits aufrecht da und wartete auf ihn.
वह पहले से ही वहाँ सीधी खड़ी थी और उसका इंतज़ार कर रही थी।

Dann machte sie einen leichten Sprung nach vorn, ohne dass
Gregor es hörte.

फिर वह ग्रेगर को सुनाई दिए बिना हल्के से आगे कूद गई।

"Endlich!", rief sie laut, als sie den Schlüssel umdrehte.
"आखिरकार!" उसने चाबी घुमाते हुए ज़ोर से कहा।

„Was nun?", fragte sich Gregor, allein in der Dunkelheit.
"अब क्या होगा," ग्रेगर ने अंधेरे में अकेले खुद से पूछा।

Er merkte bald, dass er sich überhaupt nicht mehr bewegen
konnte.
उसे जल्द ही पता चला कि वह अब बिल्कुल भी हिल नहीं सकता।

Doch seine Unbeweglichkeit überraschte ihn nicht wirklich.
लेकिन वह अपनी इस स्थिरता से सच में हैरान नहीं था।

Sich auf so dünnen Beinen fortbewegen zu können, erschien
lächerlich.
इतने पतले पैरों पर चल पाना अजीब लग रहा था।

Er wusste nicht, wie ihm das jemals gelungen war.
उसे नहीं पता था कि वह यह कैसे कर पाया था।

Abgesehen davon fühlte er sich aber relativ wohl.
लेकिन इसके अलावा वह काफ़ी आरामदायक महसूस कर रहा था।

Es stimmt, dass er am ganzen Körper tiefe Schmerzen
verspürte.
यह सच है कि उसे पूरे शरीर में गहरा दर्द महसूस हुआ।

Doch der Schmerz schien immer schwächer zu werden.
लेकिन ऐसा लग रहा था कि दर्द कम होता जा रहा है।

Und er hatte das Gefühl, der Schmerz würde irgendwann
verschwinden.
और उसे लगा कि दर्द आखिरकार गायब हो जाएगा।

Er spürte den faulen Apfel in seinem Rücken kaum noch.
अब उसे अपनी पीठ पर सड़े हुए सेब का एहसास भी नहीं होता था।

Er dachte mit Rührung und Liebe an seine Familie zurück.
उन्होंने अपने परिवार के बारे में इमोशन और प्यार से सोचा।

Er spürte die Gefühle seiner Schwester noch stärker als sie
selbst.
उसने अपनी बहन की भावनाओं को उससे भी ज़्यादा महसूस किया।

Sie hatte Recht mit dem, was sie gesagt hatte; er musste gehen.
उसने जो कहा था, वह सही था; उसे जाना पड़ा।

Er verbrachte einige Zeit in diesem leeren und friedlichen Zustand.
उन्होंने कुछ समय इस खाली और शांतिपूर्ण स्थिति में बिताया।

Die Uhr schlug dreimal, leise, aber bestimmt.
घड़ी ने धीरे से, लेकिन मज़बूती से तीन बार बजाया।

Gregor wurde sanft aus seinen Betrachtungen gerissen.
ग्रेगर को धीरे से उसके ख्यालों से बाहर निकाला गया।

Er beobachtete, wie das Morgenlicht langsam in sein Zimmer drang.
उसने सुबह की रोशनी को धीरे-धीरे अपने कमरे में आते देखा।

Dann sank sein Kopf völlig nach unten, ohne dass er es wollte.
फिर उसका सिर बिना उसकी मर्ज़ी के पूरी तरह नीचे झुक गया।

Und sein letzter Atemzug entwich schwach aus seinen Nasenlöchern.
और उसकी आखिरी सांस उसकी नाक से कमज़ोर तरीके से बह रही थी।

Das Dienstmädchen kam früh am Morgen in sein Zimmer.
नौकरानी सुबह-सुबह उसके कमरे में आ गई।

Bei ihrem üblichen kurzen Besuch fand sie nichts Ungewöhnliches vor.
अपनी छोटी सी विज़िट के दौरान उसे कुछ भी अजीब नहीं लगा।

Aus Kraft und in Eile knallte sie alle Türen zu.
ताकत और जल्दबाजी के कारण उसने सारे दरवाज़े ज़ोर से बंद कर दिए।

An ruhigen Schlaf war in der gesamten Wohnung nicht zu denken.
पूरे अपार्टमेंट में चैन की नींद नहीं आ पा रही थी।

Sie war gebeten worden, dies morgens zu vermeiden.
उसे सुबह ऐसा न करने के लिए कहा गया था।

Sie glaubte, er läge absichtlich so regungslos da.

उसे लगा कि वह जानबूझकर वहाँ बिना हिले लेटा हुआ है।

Vielleicht wollte er ihr zeigen, dass er beleidigt war.
शायद वह उसे दिखाना चाहता था कि वह नाराज़ है।

Sie vertraute darauf, dass er über alle Arten von Intelligenz verfügte.
उसे भरोसा था कि उसमें हर तरह की समझदारी है।

Sie hielt zufällig den langen Besen in der Hand.
संयोग से उसके हाथ में लंबी झाड़ू थी।

Also versuchte sie von der Tür aus, Gregor ein wenig zu kitzeln.
तो, दरवाज़े से, उसने ग्रेगर को थोड़ी गुदगुदी करने की कोशिश की।

Sie war etwas verärgert darüber, dass er überhaupt nicht reagierte.
वह थोड़ी नाराज़ थी कि उसने कोई जवाब नहीं दिया।

Deshalb stieß sie ihn diesmal etwas energischer an.
इसलिए इस बार उसने उसे थोड़ा और ज़ोर से धक्का दिया।

Als er keinen Widerstand leistete, sah sie genauer hin.
जब उसने कोई विरोध नहीं दिखाया तो उसने ध्यान से देखा।

Bald begriff sie, was Gregor wirklich zugestoßen war.
उसे जल्द ही एहसास हो गया कि ग्रेगर के साथ असल में क्या हुआ था।

Sie öffnete die Augen noch weiter und pfiff vor sich hin.
उसने अपनी आँखें और चौड़ी कीं, और मन ही मन सीटी बजाई।

Doch sie zögerte nicht lange, bevor sie die Tür öffnete.
लेकिन उसने दरवाज़ा खोलने में ज़्यादा समय बर्बाद नहीं किया।

Und sie rief mit lauter Stimme in die Dunkelheit:
और उसने अंधेरे में ऊंची आवाज़ में पुकारा:

"Komm und sieh es dir an, da liegt es, völlig tot."
"आओ और देखो, वह वहीं पड़ा है, पूरी तरह से मरा हुआ।"

Die beiden Eltern saßen aufrecht in ihrem Ehebett.
दोनों माता-पिता अपने शादीशुदा बिस्तर पर सीधे बैठे थे।

Zuerst mussten sie den Lärmschock überwinden.
सबसे पहले उन्हें शोर के झटके से उबरना पड़ा।

Doch dann begannen sie langsam, ihre Botschaft zu verstehen.
लेकिन फिर धीरे-धीरे वे उसका संदेश समझने लगे।

Herr und Frau Samsa sprangen jeweils von ihrer Seite des Bettes.
मिस्टर और मिसेज़ समसा दोनों बिस्तर से अपनी तरफ़ से कूद पड़े।

Herr Samsa warf sich die dicke Decke über die Schultern.
मिस्टर समसा ने मोटा कंबल अपने कंधों पर डाल लिया।

Und Frau Samsa kam nur im Nachthemd heraus.
और मिसेज़ समसा सिर्फ़ नाइटगाउन में बाहर आई।

Und so gelangten sie in Gregors Zimmer.
और इस तरह वे ग्रेगर के कमरे में घुस गए।

Inzwischen hatte sich auch die Tür zum Wohnzimmer geöffnet.
इस बीच, लिविंग रूम का दरवाज़ा भी खुल गया था।

Grete hatte dort geschlafen, seit die Mieter eingezogen waren.
जब से किरायेदार आए थे, ग्रेटे वहीं सोती थी।

Sie war vollständig angezogen, als hätte sie überhaupt nicht geschlafen.
वह पूरे कपड़े पहने हुए थी, जैसे कि वह सोई ही नहीं हो।

Ihr blasses Gesicht schien ebenfalls ihren Schlafmangel zu beweisen.
उसका पीला चेहरा भी उसकी नींद की कमी को साबित कर रहा था।

„Er ist tot?", fragte Frau Samsa und blickte die Magd an.
"वह मर गया?" मिसेज समसा ने नौकरानी की ओर देखते हुए पूछा।

Das hätte sie selbst überprüfen können, indem sie ihn angesehen hätte.
वह खुद उसे देखकर इसकी पुष्टि कर सकती थी।

„Ich glaube schon", sagte das Dienstmädchen und hob den Besen auf.
"मुझे ऐसा लगता है," नौकरानी ने झाड़ू उठाते हुए कहा।

Und sie schob seinen Körper ein langes Stück über den Boden.

और उसने उसके शरीर को फर्श पर काफी दूर तक धकेल दिया।

Frau Samsa machte eine Bewegung, als wolle sie sie aufhalten.
मिसेज़ समसा ने ऐसा मूवमेंट किया जैसे वह उसे रोकना चाहती हों।

Doch am Ende ließ sie das Dienstmädchen Gregor herumschieben.
लेकिन आखिर में उसने नौकरानी को ग्रेगर को इधर-उधर घुमाने दिया।

„Nun", sagte Herr Samsa, „endlich können wir Gott danken."
"ठीक है," मिस्टर समसा ने कहा, "आखिरकार हम भगवान को धन्यवाद दे सकते हैं।"

Er bekreuzigte sich; Kopf, Brust, Schultern.
उसने क्रॉस का निशान बनाया; सिर, छाती, कंधे।

Und die drei Frauen folgten seinem religiösen Beispiel.
और तीनों महिलाओं ने उनके धार्मिक उदाहरण का अनुसरण किया।

Grete, die den Blick nicht von der Leiche abwandte, sagte:
ग्रीटे, जिसने अपनी नज़रें लाश से नहीं हटाई, बोली;

„Seht nur, wie dünn er war! Er hat so lange nichts gegessen."
"देखो वह कितना दुबला हो गया है, उसने बहुत दिनों से कुछ नहीं खाया है।"

„Das Futter, das ich ihm jeden Morgen hinstellte, war immer unberührt."
"मैं हर सुबह उसके लिए जो खाना छोड़ती थी, वह हमेशा बिना छुए रहता था।"

Tatsächlich war Gregors Körper völlig flach und trocken.
असल में, ग्रेगर का शरीर पूरी तरह से सपाट और सूखा था।

Dies war nun, da er am Boden lag, deutlicher zu erkennen.
अब जब वह ज़मीन पर था तो यह बात और भी साफ़ दिख रही थी।

Weil sein Körper nicht mehr von seinen Beinen hochgehalten wurde.
क्योंकि अब उसका शरीर उसके पैरों से ऊपर नहीं उठ पा रहा था।

Und weil es nichts anderes gab, was die Aussicht beeinträchtigte.
और क्योंकि वहां कोई और चीज़ नहीं थी जो नज़ारे को भटका रही हो।

„Komm doch für eine Weile mit uns herein, Grete", sagte
Frau Samsa.
"थोड़ी देर के लिए हमारे साथ अंदर आओ, ग्रीट," मिसेज़ समसा ने कहा।

Während sie sprach, lag ein gequältes Lächeln auf ihren
Lippen.
बोलते समय उसके होठों पर एक दर्द भरी मुस्कान थी।

Grete folgte ihnen, blickte aber auch immer wieder zurück
auf die Leiche.
ग्रीट ने उनका पीछा किया, लेकिन उसने लाश की ओर भी देखा।

Das Dienstmädchen schloss die Tür und öffnete das Fenster
ganz.
नौकरानी ने दरवाज़ा बंद कर दिया और खिड़की पूरी तरह खोल दी।

Es war noch früh, daher wäre die Luft normalerweise kalt.
अभी सुबह थी, इसलिए हवा आम तौर पर ठंडी होगी।

Doch in der kalten Luft lag auch ein Hauch von Wärme.
लेकिन ठंडी हवा में गर्मी का मिश्रण भी था।

Wie eine sanfte Erinnerung daran, dass es nun Ende März
war.
जैसे यह एक हल्की सी याद दिलाने वाली बात हो कि अब मार्च का अंत हो
गया है।

Die drei Mieter verließen nun ebenfalls ihr Zimmer.
अब तीनों किरायेदार भी अपने कमरे से बाहर निकल आए।

Sie schauten sich staunend nach ihrem Frühstück um.
वे अपने नाश्ते के लिए हैरानी से इधर-उधर देखने लगे।

Das Frühstück wurde vergessen, wegen dem, was das
Dienstmädchen gefunden hatte.
नौकरानी को जो मिला, उसकी वजह से नाश्ता भूल गए।

„Wo gibt es Frühstück?", grummelte der mittlere Herr.
"नाश्ता कहाँ है?" बीच वाले आदमी ने बड़बड़ाते हुए पूछा।

Das Dienstmädchen legte den Finger an den Mund, um
Ruhe zu gebieten.
नौकरानी ने चुप रहने का आदेश देने के लिए अपनी उंगली मुंह पर रख ली।

Und sie winkte den Herren hastig und stumm zu.

और उसने जल्दी से और चुपचाप उन सज्जनों को हाथ हिलाया।

Das Dienstmädchen geleitete die drei Herren in den Raum.
नौकरानी ने तीनों आदमियों को कमरे में ले गई।

Und sie erklärte ihnen weiterhin, was geschehen war.
और वह उन्हें समझाती रही कि क्या हुआ था।

Und die drei Herren standen um Gregors Leichnam herum.
और तीनों सज्जन ग्रेगर की लाश के चारों ओर खड़े हो गए।

Mit den Händen in den Taschen blickten sie nach unten.
अपने हाथ जेब में डाले वे नीचे देखने लगे।

**Das Morgenlicht hatte den Raum nun vollständig
durchflutet.**
सुबह की रोशनी अब कमरे में पूरी तरह फैल चुकी थी।

**Dann öffnete sich die Schlafzimmertür und Herr Samsa
erschien.**
तभी बेडरूम का दरवाज़ा खुला और मिस्टर समसा प्रकट हुए।

**Auf der einen Seite saß seine Frau, auf der anderen seine
Tochter.**
एक तरफ उनकी पत्नी थी और दूसरी तरफ उनकी बेटी।

Herr Samsa trug inzwischen bereits seine Uniform.
मिस्टर समसा अब तक अपनी यूनिफॉर्म पहन चुके थे।

Man konnte sehen, dass sie alle ein bisschen geweint hatten.
कोई भी देख सकता था कि वे सभी थोड़ा रो रहे थे।

Grete drückte ihr Gesicht an den Arm ihres Vaters.
ग्रीट ने अपना चेहरा अपने पिता की बांह से सटा लिया।

„Verlassen Sie sofort meine Wohnung!", befahl Herr Samsa.
मिस्टर समसा ने आदेश दिया, "तुरंत मेरा अपार्टमेंट छोड़ दो!"

Und er deutete auf die Tür, ohne die Frauen gehen zu lassen.
और उसने औरतों को जाने दिए बिना दरवाज़े की तरफ इशारा किया।

**„Was meinen Sie damit?", fragte der Mittelsmann
verunsichert.**
"आपका क्या मतलब है?" बिचौलिए ने परेशान होकर पूछा।

**Und er gab sich alle Mühe, Herrn Samsa freundlich
anzulächeln.**

और उन्होंने मिस्टर समसा को प्यार से मुस्कुराने की पूरी कोशिश की।

Die anderen beiden hielten ihre Hände hinter dem Rücken.
बाकी दो ने अपने हाथ पीठ के पीछे कर लिए।

Und sie rieben sich erwartungsvoll die Hände.
और वे उम्मीद में अपने हाथ आपस में रगड़ने लगे।

Offenbar erwarteten sie einen lauten Streit.
उन्हें लग रहा था कि वहां ज़ोरदार झगड़ा होगा।

Aber sie schienen sich auf die bevorstehende Auseinandersetzung zu freuen.
लेकिन वे आने वाली बहस को लेकर खुश लग रहे थे।

Sie dachten, der Streit würde zu ihren Gunsten ausgehen.
उन्हें लगा कि झगड़ा उनके पक्ष में होगा।

„Ich meine genau das, was ich eben gesagt habe", antwortete Herr Samsa.
मिस्टर समसा ने जवाब दिया, "मैंने जो कहा, वही मेरा मतलब है।"

Er ging mit seinen beiden Begleitern in einer geraden Linie.
वह अपने दो साथियों के साथ सीधी लाइन में चल रहा था।

Und Herr Samsa ging direkt auf ihren Anführer zu.
और मिस्टर समसा सीधे उनके लीड जेंटलमैन के पास गए।

Der Herr blieb zunächst stehen und blickte zu Boden.
वह सज्जन पहले तो ज़मीन की ओर देखते हुए स्थिर खड़े रहे।

Die Gedanken in seinem Kopf waren noch im Wandel.
उसके दिमाग में अभी भी चीज़ें व्यवस्थित हो रही थीं।

"Gut, dann gehen wir", sagte er und blickte zu Herrn Samsa auf.
"ठीक है, हम चलेंगे," उन्होंने कहा और मिस्टर समसा की ओर देखा।

Eine neue Demut schien ihn plötzlich ergriffen zu haben.
ऐसा लगा जैसे अचानक उस पर एक नई विनम्रता छा गई हो।

Und er schien um Erlaubnis für diese Entscheidung zu bitten.
और ऐसा लग रहा था कि वह इस फैसले के लिए इजाज़त मांग रहे थे।

Herr Samsa öffnete die Augen weit und nickte leicht.
मिस्टर समसा ने अपनी आँखें चौड़ी करके थोड़ा सिर हिलाया।

Die Herren folgten seinem Befehl unverzüglich.
सज्जनों ने तुरंत उसकी आज्ञा का पालन किया।

Und sie machten tatsächlich große Schritte in den Flur hinein.
और वे सचमुच हॉलवे में लंबे कदम बढ़ाते हुए गए।

Seine Freunde hatten bereits aufgehört, sich die Hände zu reiben.
उसके दोस्तों ने तो हाथ मलना ही बंद कर दिया था।

Sie hatten mitgehört, wie das Gespräch verlaufen war.
वे सुन रहे थे कि बातचीत कैसी चल रही है।

Und nun rannten sie ihm nach, als ob sie Angst hätten.
और अब वे उसके पीछे भाग रहे थे, मानो डर के मारे।

Es ist möglich, dass Herr Samsa sie immer noch von ihrem Anführer isoliert.
मिस्टर समसा अभी भी उन्हें उनके लीडर से अलग कर सकते हैं।

Sie zogen ihre Stöcke aus dem Stöckebehälter.
उन्होंने अपनी छड़ियाँ डंडे के डिब्बे से बाहर निकालीं।

Und sie verbeugten sich schweigend, bevor sie die Wohnung verließen.
और अपार्टमेंट से निकलने से पहले उन्होंने चुपचाप सिर झुकाया।

Herr Samsa und die beiden Frauen traten aus dem Vorplatz.
मिस्टर समसा और दोनों महिलाएं फोरकोर्ट से बाहर निकल आए।

Aber eigentlich hatten sie keinen Grund, den Männern zu misstrauen.
लेकिन असल में उनके पास उन आदमियों पर भरोसा न करने का कोई कारण नहीं था।

Sie lehnten sich ans Geländer, um zu überprüfen, ob sie weg waren.
वे यह देखने के लिए रेलिंग पर झुके कि वे चले गए हैं या नहीं।

Die drei Herren kamen tatsächlich die Treppe herunter.
तीनों सज्जन सचमुच सीढ़ियों से उतर रहे थे।

In einer bestimmten Kurve der Treppe verschwanden sie.
सीढ़ियों के एक खास मोड़ पर वे गायब हो गए।

Und dann brachte die Treppe sie wieder in Sichtweite.
और फिर सीढ़ियों ने उन्हें वापस दिखा दिया।

Dieses Erscheinen und Verschwinden wiederholte sich auf jeder Etage.
यह आना और गायब होना हर मंज़िल पर दोहराया गया।

Doch schließlich waren sie fast am Ziel.
लेकिन आखिरकार वे लगभग नीचे तक पहुंच ही गए थे।

Je weiter sie gingen, desto uninteressanter wurden sie.
वे जितना आगे बढ़ते गए, उतने ही बोरिंग होते गए।

Alle kehrten erleichtert ins Haus zurück.
सब लोग घर वापस लौट आए, मानो उन्हें राहत मिली हो।

Sie beschlossen, den Tag zum Ausruhen und für einen Spaziergang zu nutzen.
उन्होंने दिन में आराम करने और टहलने जाने का फैसला किया।

Sie waren der Meinung, dass sie sich diese Auszeit von ihrer Arbeit verdient hatten.
उन्हें लगा कि वे अपने काम से यह ब्रेक पाने के हकदार थे।

Sie hatten diese Auszeit nicht nur verdient, sie brauchten sie auch.
वे न केवल इस ब्रेक के हकदार थे, बल्कि उन्हें इसकी ज़रूरत भी थी।

Sie setzten sich an den Tisch, um Entschuldigungsbriefe zu schreiben.
वे माफ़ीनामा लिखने के लिए टेबल पर बैठ गए।

Herr Samsa verfasste seinen Entschuldigungsbrief an die Geschäftsleitung.
मिस्टर समसा ने अपने मैनेजमेंट को माफ़ीनामा लिखा।

Frau Samsa schrieb ihren Entschuldigungsbrief an ihre Kunden.
मिसेज समसा ने अपने क्लाइंट्स को माफ़ीनामा लिखा।

Und Grete schrieb ihren Entschuldigungsbrief an ihren Schulleiter.
और ग्रीट ने अपने प्रिंसिपल को माफ़ीनामा लिखा।

Während alle schrieben, kam das Dienstmädchen ins Zimmer.

जब वे सब लिख रहे थे, नौकरानी कमरे में आई।

Ihre Arbeit am Vormittag war erledigt, also ging sie nach Hause.
उसका सुबह का काम खत्म हो गया था, इसलिए वह घर जा रही थी।

Die drei Schriftsteller nickten zunächst, ohne aufzusehen.
तीनों लेखकों ने पहले तो बिना ऊपर देखे सिर हिलाया।

Das Dienstmädchen schien aber noch nicht gehen zu wollen.
लेकिन नौकरानी अभी जाना नहीं चाहती थी।

Sie wartete einen Moment, bis die drei Schriftsteller aufblickten.
वह थोड़ा इंतज़ार करती रही, जब तक कि तीनों लेखकों ने ऊपर नहीं देखा।

„Na?", fragte Herr Samsa verärgert, genau wie die anderen.
"अच्छा?" मिस्टर समसा ने गुस्से में पूछा, जैसे दूसरे लोग थे।

Das Dienstmädchen stand mit einem Lächeln im Gesicht in der Tür.
नौकरानी चेहरे पर मुस्कान लिए दरवाज़े पर खड़ी थी।

Sie erweckte den Eindruck, gute Neuigkeiten zu verkünden zu haben.
उसने ऐसा इंप्रेशन दिया कि उसके पास बताने के लिए अच्छी खबर है।

Aber sie würde die Neuigkeit nicht preisgeben, solange sie nicht dazu aufgefordert würde.
लेकिन जब तक कहा न जाए, वह यह खबर शेयर नहीं करने वाली थी।

Die aufrecht stehende Straußenfeder an ihrem Hut schwankte leicht.
उसकी टोपी पर लगा शुतुरमुर्ग का पंख थोड़ा हिल रहा था।

Diese Straußenfeder hatte Herrn Samsa schon immer geärgert.
वह शुतुरमुर्ग का पंख हमेशा मिस्टर समसा को परेशान करता था।

„Also, was wollen Sie dann?", fragte Frau Samsa bestimmt.
"तो फिर आप क्या चाहते हैं?" मिसेज़ समसा ने सख्ती से पूछा।

Das Dienstmädchen hatte nach wie vor großen Respekt vor Frau Samsa.

नौकरानी के मन में अब भी मिसेज़ समसा के लिए बहुत इज़्ज़त थी।

„Ja", antwortete sie und lachte freundlich auf.
"हाँ", उसने जवाब दिया और दोस्ताना अंदाज़ में हँस पड़ी।

Einen Moment lang unterbrach sie ihr Lachen und sie verstummte.
एक पल के लिए उसकी हंसी ने उसे बोलने से रोक दिया।

„Um das Ding nebenan brauchst du dir keine Sorgen zu machen."
"आपको पड़ोस की उस चीज़ के बारे में चिंता करने की ज़रूरत नहीं है।"

„Ich habe bereits dafür gesorgt, wie wir es loswerden."
"मैंने पहले ही तय कर लिया है कि हम इससे कैसे छुटकारा पाएँगे।"

Frau Samsa und Grete schrieben ihre Briefe weiter.
मिसेज़ समसा और ग्रेटे ने अपने पत्र लिखना जारी रखा।

Herr Samsa bemerkte jedoch, dass das Dienstmädchen noch nicht fertig war.
लेकिन मिस्टर समसा ने देखा कि नौकरानी का काम अभी खत्म नहीं हुआ था।

Nun wollte sie alles genauer beschreiben.
अब वह हर बात को और विस्तार से बताना चाहती थी।

Doch er streckte die Hand aus, um ihre Annäherungsversuche zurückzuweisen.
लेकिन उसने उसकी कोशिशों को ठुकराने के लिए अपना हाथ आगे बढ़ाया।

Sie erkannte, dass sie an ihren Plänen kein Interesse hatten.
उसे एहसास हुआ कि उन्हें उसके प्लान में कोई दिलचस्पी नहीं थी।

Und dann erinnerte sie sich an die große Eile, in der sie gewesen war.
और फिर उसे याद आया कि वह कितनी जल्दी में थी।

„Dann tschüss", sagte sie, sichtlich beleidigt über das mangelnde Interesse.
"तो फिर," उसने कहा, दिलचस्पी न होने से बेइज्जत महसूस करते हुए।

Bevor sie ging, knallte sie die Tür jedoch mit einem lauten Knall zu.
लेकिन जाने से पहले उसने दरवाज़ा ज़ोर से बंद कर दिया।

„Sie wird heute Abend entlassen", sagte Herr Samsa.

मिस्टर समसा ने कहा, "उसे शाम को नौकरी से निकाल दिया जाएगा।"

Seine Frau und seine Tochter hatten jedoch keine Zeit, ihm zu antworten.
लेकिन उनकी पत्नी और बेटी इतने बिज़ी थे कि उन्हें जवाब नहीं दे पाए।

Weil das Dienstmädchen ihren gerade erst gewonnenen Frieden gestört hatte.
क्योंकि नौकरानी ने उनकी नई मिली शांति भंग कर दी थी।

Die Mutter und die Tochter standen auf und gingen zum Fenster.
माँ और बेटी खिड़की के पास जाने के लिए उठीं।

Und so blieben sie mit den Armen umeinander liegen.
और एक दूसरे को गले लगाकर वे वहीं रुके रहे।

Herr Samsa drehte sich in seinem Stuhl um, um sie anzusehen.
मिस्टर समसा अपनी कुर्सी पर घूमकर उन्हें देखने लगे।

Und eine Weile lang beobachtete er sie schweigend, wie sie dort standen.
और कुछ देर तक वह चुपचाप उन्हें वहीं खड़ा देखता रहा।

Schließlich rief er ihnen zu: „Willst du zu mir kommen?"
अंत में उसने उन्हें पुकारा, "क्या तुम मेरे पास आओगे?"

„Vergessen wir doch einfach all den alten Kram."
"चलो, हम सब पुरानी बातें भूल जाएं।"

"Komm her und schenk mir ein wenig deiner Aufmerksamkeit."
"मेरे पास आओ और मुझे अपना थोड़ा ध्यान दो।"

Die beiden Frauen taten, wie er gesagt hatte, und eilten zu ihm hinüber.
दोनों महिलाओं ने उसकी बात मानी और उसके पास दौड़ीं।

Sie umarmten ihn herzlich und küssten ihn.
उन्होंने उसे प्यार से गले लगाया और चूमा।

Sie kehrten schnell zurück, um ihre Briefe fertig zu schreiben.
वे जल्दी से अपने पत्र लिखने के लिए वापस आ गए।

Dann verließen alle drei gemeinsam die Wohnung.
फिर वे तीनों एक साथ अपार्टमेंट से निकल गए।

Sie waren seit Monaten nicht mehr zusammen aus dem Haus gegangen.
वे महीनों से एक साथ घर से बाहर नहीं निकले थे।

Und sie fuhren mit der Straßenbahn an den Stadtrand.
और वे ट्राम से शहर के बाहरी इलाके में चले गए।

Sie hatten den gesamten Waggon der Straßenbahn für sich allein.
ट्राम का पूरा डिब्बा उनके पास था।

Von draußen strömte Sonnenschein durch das Fenster.
बाहर से खिड़की से धूप अंदर आ रही थी।

Die Familie lehnte sich bequem in ihren Sitzen zurück.
परिवार आराम से अपनी सीटों पर बैठ गया।

Und sie besprachen die Aussichten für ihre Zukunft.
और उन्होंने अपने भविष्य की संभावनाओं पर चर्चा की।

Bei näherer Betrachtung waren ihre Aussichten gar nicht so schlecht.
करीब से देखने पर उनकी उम्मीदें बुरी नहीं थीं।

Alle drei hatten Jobs mit dem Potenzial, mehr zu verdienen.
तीनों के पास ऐसी नौकरियां थीं जिनमें ज़्यादा कमाने की संभावना थी।

Sie hatten einander nie nach ihrer Arbeit gefragt.
उन्होंने कभी एक-दूसरे से उनके काम के बारे में नहीं पूछा था।

Doch nun hatten sie endlich Zeit, solche Dinge zu besprechen.
लेकिन अब आखिरकार उनके पास ऐसी बातों पर चर्चा करने का समय था।

Sie hatten auch die Möglichkeit, in eine kleinere Wohnung umzuziehen.
उनके पास एक छोटे अपार्टमेंट में जाने का ऑप्शन भी था।

Dies hätte den größten Einfluss auf ihr Leben.
इसका उनके जीवन पर सबसे अधिक प्रभाव पड़ेगा।

Ihre jetzige Wohnung hatte Gregor ausgesucht.
उनका अभी का अपार्टमेंट ग्रेगर ने चुना था।

Aber jetzt könnten sie in eine günstigere Gegend ziehen.
लेकिन अब वे कहीं ज़्यादा सस्ती जगह पर जा सकते हैं।

Eine kleinere Wohnung, aber eine praktischere.
एक छोटा अपार्टमेंट, लेकिन ज़्यादा प्रैक्टिकल जगह।

Das Gespräch über die Zukunft machte Grete wieder lebendiger.
भविष्य के बारे में बात करने से ग्रीट फिर से ज़्यादा ज़िंदादिल हो गई।

Herr und Frau Samsa bemerkten auch andere Veränderungen an ihr.
मिस्टर और मिसेज़ समसा ने उसमें दूसरे बदलाव भी देखे।

Ihre Wangen waren vor lauter Sorgen ganz blass geworden.
सारी चिंताओं से उसके गाल पीले पड़ गये थे।

Doch ihre Tochter entwickelte sich inzwischen zu einer feinen jungen Dame.
लेकिन अब उनकी बेटी एक अच्छी महिला बन रही थी।

Sie war mittlerweile wirklich eine wohlproportionierte und hübsche junge Frau.
अब वह सच में एक हृष्ट-पुष्ट और अच्छी जवान औरत थी।

Ihre Eltern wurden still und bewunderten ihre Tochter.
उसके माता-पिता चुप हो गए और अपनी बेटी की तारीफ़ करने लगे।

Sie wechselten Blicke und kommunizierten unbewusst.
वे अनजाने में एक-दूसरे को देखकर बात कर रहे थे।

„Es wird bald an der Zeit sein, einen guten Mann für sie zu finden.“
"जल्द ही उसके लिए एक अच्छा आदमी ढूंढने का समय आ जाएगा।"

Die Straßenbahn hatte ihr Ziel erreicht und bremste ab.
ट्राम अपनी मंज़िल पर पहुँच गई थी और धीमी हो गई थी।

Ihre Tochter schien ihre neuen Träume zu bestätigen.
उनकी बेटी ने उनके नए सपनों को पक्का कर दिया।

Sie war die Erste, die aufstand und ihren jungen Körper streckte.
वह सबसे पहले खड़ी हुई और अपने जवान शरीर को स्ट्रेच किया।